ANIVERSARI

QUATRE REFLEXIONS SENSE CAP MENA D'IMPORTÀNCIA DESPRÉS D'HAVER VISCUT EXACTAMENT VINT ANYS ENTRE ELS CATALANS

MATTHEW TREE

ANIVERSARI

Quatre reflexions sense cap mena d'importància després d'haver viscut exactament vint anys entre els catalans

nou mil·lenni
COLUMNA

COL·LECCIÓ NOU MIL·LENNI
SEGONA EDICIÓ: ABRIL DEL 2005
PROJECTE GRÀFIC: COLUMNA GROUP, S.A.

AVINGUDA DIAGONAL, 662 - 08034 BARCELONA
ISBN: 84-664-0597-6
DIPÒSIT LEGAL: B. 17.982-2005
FOTOCOMPOSICIÓ: VÍCTOR IGUAL, S.L.
CARRER PEU DE LA CREU, 5-9 - 08001 BARCELONA
IMPRÈS A: HUROPE, S. L.
CARRER LIMA, 3 BIS - 08030 BARCELONA

www.columnaedicions.com

Si no es treu un català de polleguera —la qual cosa, com veurem immediatament, no és pas difícil—, adopta generalment la línia de la mínima resistència.

Jaume Vicens i Vives,
Notícia de Catalunya

Taula

Aniversari

Aquest país és una cursa de cavalls, de dos cavalls, per ser precís, i no cal que digui de quins cavalls es tracta. De fet, tothom que viu aquí ho sap. Un exemple: l'altre dia, la noia rossa i felina que treballa a l'oficina local de «la Caixa» em va preguntar quin idioma m'agradava més, el castellà o el català (i quedava clar que volia que em decantés per l'un o per l'altre, tot i que no sé per quin, precisament). És una mostra més que aquest és el país de la dualitat: dos idiomes, dos governs, dues nacionalitats, dues maneres de celebrar Nadal... Aquest és el país de la no-exclusivitat, aquest és el país de la tolerància autoimposada i de la fricció lleugera però permanent. Aquest és el país del trist espectacle de dues cultures que diuen que viuen en convivència alhora que es miren de reüll amb l'esperança que la veïna s'hagi posat malalta.

Aquest és el país més fràgil i més pàl·lid d'Europa. Els holandesos mengen el seu pa amb *hagelslag* i se senten holandesos, els anglesos beuen la seva cervesa *bitter* i se senten anglesos, els alemanys caminen airosament entre els arbres del seu *schwarzwald* i se senten alemanys. En canvi, el català que escolta el seu Lluís Llach, posem per cas, se sent exposat a l'aprovació o bé la desaprovació dels seus veïns i amics, se sent nerviós, indecís, infeliç, encasellat sense voler, *vigilat.*

Hi ha dos cavalls, i la cursa està arribant a la seva fi. Els jugadors (tant els nadius com els nouvinguts) aposten ara per un cavall ara per un altre i sovint —sorprenentment sovint— per tots dos a la vegada. Malgrat tanta equanimitat, però, els jugadors no poden passar per alt el fet que un dels cavalls porta avantatge. Hi ha dos cavalls, però un d'ells està exhaust, un d'ells està quedant enrere, un d'ells està pensant seriosament en la possibilitat de rendir-se i retirar-se a un camp solitari —lluny del xivarri i la tensió de l'hipòdrom— on li donaran una ració raonable de civada cada dia fins que es mori tranquil·lament, gaudint de l'oblit dolç i descansat en el qual ell mateix s'haurà deixat caure.

Estic escrivint això el 20 de setembre de l'any 2004. Fa exactament vint anys, és a dir, el 20 de setembre del 1984, em trobava en un vagó d'un tren de la RENFE (begut com sempre, espantat com sempre). Havia començat una conversa —una conversa en anglès, atès que encara no havia après el castellà— amb el passatger del costat, un colombià que també tenia vint-i-sis anys, un colombià xerraire i afable que portava un vestit blanc i rebregat. La llum dels fluorescents inundava el vagó d'un groc desarmant que feia pensar en les parets de les oficines de la seguretat social londinenca. El colombià parlava de la cocaïna que em podria aconseguir i de les putes que volia tirar-se i de com ningú al seu país no s'atrevia a parlar de política directament sinó mitjançant un llenguatge doble, una mena de codi, però jo l'escoltava a mitges, només, concentrat com estava en la presència creixent de la ciutat cap a la qual viatjàvem, la pedra i el metall de la qual ressonaven amb cada vegada més força en l'aire negre més enllà de les finestres.

Finalment, vam arribar a l'Estació de França. Ell volia un hotel, de manera que vam agafar un taxi a la parada que hi havia al peu de l'escalinata de l'estació. «Porti'ns a un hotel, si us plau», vaig dir, fent gala del meu català, après en un poble d'Osona feia uns quants anys. El taxista va fer mitja volta, va travessar l'avinguda del Marquès de l'Argentera, ens va deixar a l'hotel que hi havia immediatament davant de l'estació i ens va cobrar dues-centes cinquanta pessetes sense immutar-se. Massa cansats —i sorpresos— per discutir, vam pagar, vam baixar, el colombià es va inscriure a l'hotel i després el vaig acompanyar a la Rambla, on li havia dit que segurament trobaria les prostitutes que tant desitjava. Es va acomiadar de mi somrient, despreocupat, i va desaparèixer Barri Xino amunt, un floc de cotó blanc entre el marró i negre dels edificis, i per fi jo estava sol, per fi era lliure d'encarar-me —sense cap somriure i gens despreocupat— amb el pas que havia acabat de fer, amb el meu canvi permanent de país.

La gent es trasllada quan fa falta, la gent es mou d'un país a un altre si en té un bon motiu, la gent es crema els propis ponts si creu que s'ha de fer. Ara bé, si vols aconseguir traslladar-te de debò, moure't definitivament, cremar els ponts fins que es converteixin en cendres insalvables (i si no ho aconsegueixes, tot això, seràs per sempre més un immigrant, estaràs sempre malalt d'enyorança, seràs per sempre més un bocí desmembrat del teu país d'origen), cal arriscar-se, cal que ho apostis tot —fins a l'últim cèntim— al cavall que hagis escollit. Llavors, no hi ha res a fer que no sigui esperar, esperar desesperadament que el teu cavall acabi guanyant.

Fa vint anys, quan vaig venir a Barcelona amb la intenció de quedar-m'hi, ja havia fet la meva aposta. Ja havia vist el meu cavall, com si diguéssim, al poble d'Osona ja esmentat; es tractava d'un cavall fuetejat, mal alimentat, d'aspecte llastimós, al qual, tothom m'assegurava, només li quedaven uns quants anys de vida. Digueu-me tanoca, digueu-me il·lús, digueu-me burro, però després de dubtar durant, jo què sé, no res, un moment o dos, em va començar a impressionar força el fet que, malgrat la condició deplorable d'aquest rossí xacrós, tanta i tanta gent volgués que tornés a córrer, que aquesta gent ja li hagués posat un arnès nou de trinca i a més hagués cridat un munt de veterinaris perquè es millorés. L'altre cavall —el cavall espanyol, per dir-ne així— el veia de lluny, i em semblava un cavall correcte, ben alimentat, de pell brillant, un cavall esplèndid fins i tot, un guanyador nat, però un cavall *normal*, al cap i a la fi, un cavall sense sorpreses, un cavall com els que esperes trobar a qualsevol país, un cavall *oficial*.

De manera que no he viscut vint anys a Espanya, els he viscut a Catalunya —a la capital de Catalunya, si hem de ser precisos—, i els hi he viscut amb totes les conseqüències. El fet que tant Barcelona com (la major part de) Catalunya es trobin dins d'un estat dit *espanyol* no m'ha fet la més mínima impressió: com si sentís ploure.

Espanya mai no m'ha desvetllat cap interès especial que anés més enllà de la curiositat natural que se sol sentir per qualsevol país desconegut, des de Bèlgica fins a Austràlia, posem per cas. Però no és un país que m'hagi encès la imaginació, que m'hagi omplert d'unes ganes irresistibles de visitar-lo (dit d'una altra manera, no és pas un dels meus països fetitxe com ara Portugal o Romania o els Països Bàltics o Botswana o Trinitat i Tobago). No, no he viscut mai a Espanya, he viscut des de fa vint anys en un país petit que Espanya sempre ha seguit de prop, un país petit que no ha deixat mai de sentir l'alè d'Espanya al clatell, però un altre país, al cap i a la fi, amb totes aquelles coses que solen tenir els països solts, notablement un *ambient* diferent, un ambient que només els emocionalment cecs i els pobres babaus que encara es creuen tot el que els van ensenyar al col·legi no saben copsar en el moment que travessen la frontera.

Quan em vaig posar a caminar al llarg de la Rambla, havent dit adéu al colombià, ja havia decidit acceptar el repte que Catalunya havia, una mica tímidament, començat a posar damunt la taula; havia decidit que d'ara endavant, a més del país d'origen que inevitablement portava dintre meu, un país flatulent, atipador, inflat, pagat d'ell mateix, adoptaria aquest país acabat de descobrir, del qual sabia poca cosa llevat que era —si havia de creure els llibres d'història que havia començat a llegir— un país dur de matar, un país que, al cap d'uns segles, havia emergit bellugadís i impertinent des de sota de les botes de diversos polítics, funcionaris, militars, reis i dictadors que no havien desitjat res més que la seva desaparició definitiva.

Davant de les queixes de diversos coneguts meus, el meu pare inclòs, que m'asseguraven que accedir a un univers tan petit no valia la pena, jo solia respondre, cony, que ja tenia accés a un univers imperial, una cultura que existia als cinc continents, cony, que no havia de patir per l'estretor suposada de la cultura catalana perquè, per si de cas, ja tenia la llengua anglesa al cervell, és a dir, la llengua més poderosa i estesa del planeta, i que ara sentia curiositat, una immensa curiositat, per esbrinar què pensaven, què sentien i què feien els deu milions, més o menys, de persones que vivien a les zones de parla catalana, una part important de les quals es trobaven, precisament, a Catalunya. En tot cas, ja sospitava que tots els universos eren infinits, els habitessin quatre gats o els habitessin un continent sencer.

Ara, vint anys després, cal admetre que hi ha moments en què tinc la sensació que n'estic fins als ous de l'univers català. M'he cansat de la cursa interminable i esgotadora, m'he cansat d'apostar les meves reserves minvants de capital a un cavall que no ha deixat de cedir terreny al seu rival des de fa vint anys; m'he cansat de mirar com esbufega i panteixa a la pista, de sentir els gemecs decepcionats d'aquell sector del públic que també hi ha apostat. No és que estigui a punt de canviar de cavall, no, el rival no m'il·lusiona, gairebé ni el miro, fins i tot sento una mica de decepció pel fet que sigui ell —el guanyador anunciat, el guanyador oficial, ja ho hem dit— que acabi guanyant (com si les sorpreses ja no fossin possibles, com si la normalitat més banal ho regís tot). Sobretot, m'he cansat d'aquells espectadors que s'asseuen, escarxofats als seients, uns cigars no encesos a la boca, contemplant la cursa amb l'expressió autosuficient de qui sap que no pot perdre perquè té molts diners posats al guanyador però també uns quants —menys— al perdedor, per si de cas aquest s'espavila. M'ho va dir un lleidatà: «La major part dels catalans fan el que els és més convenient». No, no és que vulgui canviar de cavall, és que vull sortir de l'hipòdrom i córrer prats avall fent saltirons.

Ja és massa tard, però. Entre d'altres raons, perquè durant vint anys no ha passat cap dia sense que no hagi provat de millorar els meus coneixements de la llengua que es parlava a Catalunya gairebé en exclusiva fa uns vuitanta o noranta anys i que a hores d'ara amb prou feines se sent als carrers de Barcelona (tot i que, paradoxalment, hi ha dies en què no se'n sent cap altra). Durant vint anys, m'he expressat en aquesta llengua, verbalment i per escrit, fins a convertir-la en una part indestriable del cervell. No només això, sinó que, durant vint anys, he estat rigorosament catalanocèntric[1] perquè creia que així m'emmotllava a la realitat que m'envoltava, una realitat que fa no sé ben bé quant de temps va començar a tremolar com una calitja i a vinclar-se com un personatge

1. Avisem que tornarem a fer servir aquest neologisme —i el seu contrari, «castellanocèntric»— per evitar l'ús de paraules tan suades com ara «catalanista», «espanyolista», etc., que tenen uns matisos polítics que no sempre vénen al cas. Si una persona veu les coses des d'un punt de vista català (o espanyol) això no implica una actitud política, necessàriament, sinó una perspectiva natural, sovint inconscient, i prou. Que prefereixis menjar el raïm de cap d'any mirant un canal de televisió català, per exemple, no per força vol dir que siguis catalanista però sí catalanocèntric. Etcètera.

de plastilina. Durant vint anys, he estat enamorat d'un país que té una tendència desconcertant a esfumar-se en els moments més inesperats. Durant vint anys, he defensat el dret d'aquest país d'existir —de manifestar-se en tots els aspectes de la vida— davant d'altres d'estrangers, que, lluny d'apostar-hi, pel meu cavall, el xiulaven i li escopien i li llançaven porqueria de les graderies estant.

En fi, durant mitja vida, he viscut —tots hem viscut— amb aquesta cosa dita Catalunya, que m'ha acompanyat a cada festa, a cada supermercat, a cada quiosc; que ha aparegut entre jo i l'altre cos al llit en la penombra d'algunes matinades; que m'ha deixat en evidència davant de colles de catalans anticatalans, els ulls d'ells plens d'un cinisme habitual; que m'ha obert les orelles dia sí i dia també, frisós com sempre he estat per caçar paraules catalanes al vol; que ha determinat la naturalesa de tantes amistats, l'apropament o el distanciament entre jo i segons quines persones; que ha decidit la tria de l'idioma, dels canals de televisió, dels llibres, dels diaris; que ha vingut volant cap al meu avió, gros com un ovni, per donar-me la benvinguda cada vegada que baixava cap al Prat.

Preferiria no parlar-ne, d'aquesta cosa dita Catalunya que es nega tant a desaparèixer com a normalitzar-se, ni tampoc no voldria meditar-hi, ni afegir ni una pàgina als patracols interminables d'assajos esgrogueïts que s'han escrit sobre ella des de fa aproximadament un segle i mig. Desafortunadament, no tinc cap alternativa. Tinc tota la intenció, per tant, d'infligir-vos un assaig més, impel·lit per l'obsessió que tinc —jo i moltes persones més— amb la cosa dita Catalunya, una obsessió de la qual, a hores d'ara, m'és impossible escapar.

Un detall que no té importància: fa cinc anys, vaig escriure un llibre sobre Catalunya que en realitat no era un llibre sobre Catalunya sinó una descripció d'un viatge llampec per Catalunya intercalada amb quatre observacions tretes de la màniga sobre diversos aspectes del país (que una feminista de la vella escola al Papiol va qualificar de «molt superficials»: *you got it, baby*). Pensava que amb això en tindria prou per desfer-me de les meves inquietuds respecte a Catalunya, que després no caldria escriure ni una paraula més sobre el tema, però es veu que en aquest país les inquietuds tornen, es concentren, comencen a obrir-se pas cap a la pell, com el pus, tot formant un enorme gra ple de líquid groc que creix i creix fins que està a punt de rebentar-se. Cinc anys després, doncs, tinc un gra gros com un goll que arrossego amunt i avall, que em torba els pensaments, que em fa anar corbat i capcot i confós, i per tant, aquesta vegada vull punxar aquest gra i deixar que un doll de pus espès i pestilent en brolli fins que no en quedi ni una gota, fins que em senti net i alleugerit, fins que hagi arribat a esbandir els dubtes que encara tinc pel que fa a Catalunya, fins que tingui les idees clares i l'actitud dura com el metall, fins que pugui viure aquí vint anys més, si cal; o bé, si l'intent no reïx, fins que decideixi fugir cap a un altre lloc.

Aquest país és una cursa de dos cavalls, però no és tan fàcil com sembla dir quin cavall representa exactament què. No es tracta només d'una qüestió lingüística ni identitària ni teòrica ni molt menys política. I els jugadors que hi aposten, per aquests cavalls, tampoc no són fàcils d'encasellar. Entre els que aposten per al cavall que acaba de sortir de cal veterinari, hi ha un munt d'estrangers i d'altra gent que ha vingut de fora, i entre els que aposten pel cavall més convencional, hi ha un munt de catalans de soca-rel, incloent-n'hi alguns que hi aposten només perquè menyspreen els que aposten per l'altre. L'essencial, però, és que, de cavalls, n'hi ha dos. Poden córrer junts durant anys i panys, potser, però tard o d'hora un d'ells haurà de guanyar i l'altre, és clar, haurà de perdre. Per tant, no val dir que aquí no passa res. Aquí hi ha una cursa, és a dir una competició, és a dir un conflicte, i és una cursa, a més, en la qual és obligatori apostar: tothom ho acaba fent, ni que sigui sense voler. Només posar els peus en aquest país, i ja tens el corredor d'apostes davant teu, amb la llibreta a la mà i un somriure cobdiciós als llavis.

Vint anys, Déu meu, vint anys a Catalunya, i el cap se m'omple cada dia de llum blanca, no sé si el meu comportament és correcte, si les opcions que he escollit són les encertades, si faig bé o si faig malament. Tot és confusió en aquest racó d'Europa mentre masteguem crispetes i cacauets, mentre mirem amb l'ai al cor com corren els dos cavalls, any rere any, mentre l'hipòdrom s'omple cada dia més amb una pudor de fenc i fems, que si no vigilem ens acabarà impregnant, ens acabarà marcant per sempre més.

Més val que comencem, doncs, i ho farem parlant de l'únic tema català sobre el qual sembla que ja s'hagi dit tot.

Remenant la llengua

Sembla mentida la quantitat de vegades que una conversa entre catalans sobre qualsevol assumpte acaba derivant cap al de la llengua catalana, de vegades amb una inevitabilitat força previsible. Així mateix, la llengua és un megatema a Catalunya, una font inesgotable d'anècdotes i de queixes, segurament perquè la major part dels catalanoparlants se senten acorralats per un món que no els mira amb bons ulls, per tota una sèrie de «raons». Humilment, suggerim aquí una resposta global a aquesta discriminació global.

«Les llengües són per comunicar i prou.» He sentit —tots hem sentit— aquesta frase en les boques de no sé quantes persones al llarg dels anys, des d'anglesos peresosos fins a castellanoparlants militants passant per estudiants d'Erasmus que es tenen per molt llestos, gairebé sempre per justificar la seva negació a aprendre un idioma local, amb l'excusa que els parlants d'aquest idioma també en saben un altre, que sol ser, curiosament, el que parla la persona que insisteix que les llengües són per comunicar i prou. «Les llengües són per comunicar i prou»: amb aquest mantra els parlants dels idiomes més estesos del món pensen que ja ho han dit tot, que ja tenen el dret de passar de qualsevol llengua que no sigui la seva. «Les llengües són per comunicar i prou»: ho han dit els xinesos als tibetans, els anglesos als gal·lesos, els francesos als bretons, els castellans als catalans, els catalans ambivalents als catalans tossuts, els turcs als kurds...

A primera vista, podria semblar que els que insisteixen que «les llengües són per comunicar i prou» no anessin errats. Abans, però —entre els anys trenta i cinquanta del segle passat—, feia furor una teoria lingüística que els desmentia: la «hipòtesi Sapir-Whorf», segons la qual els idiomes determinen la manera en què els seus parlants pensen (perquè —sempre segons els inventors de la teoria, els nord-americans Edward Sapir i Benjamin Lee Whorf, i els seus deixebles—, a l'hora d'aprendre un idioma, un nen enforteix algunes connexions neurals i en suprimeix d'altres, segons la naturalesa de l'idioma en qüestió). Per tant, idiomes diferents ens proporcionen visions o interpretacions diferents del nostre entorn. Whorf i Sapir van demostrar, per exemple, que els parlants de la llengua hopi (l'idioma dels indígenes de Nou Mèxic) tenien força més facilitat per entendre alguns aspectes de la física quàntica —gràcies a la peculiar sintaxi del seu idioma, en el qual els substantius són, en efecte, verbs— que no pas un parlant d'anglès, que té problemes a l'hora de conceptualitzar un objecte que també és una acció (com ara un electró). No és difícil imaginar les conseqüències de la hipòtesi Sapir-Whorf per als parlants d'idiomes perseguits o minoritaris: elimina'ls l'idioma i hauràs eliminat la seva manera de veure el món en un sentit literal —com si els haguessis arrencat els ulls— i, per tant, hauràs eliminat un bocí del coneixement universal humà, hauràs comès un crim contra la ciència: un argument irrebatible a favor de la normalització plena de tots els idiomes, sense excepció.

Ara bé, la hipòtesi Whorf-Sapir ha estat substituïda —o superada— des de fa una cinquantena d'anys, per una altra teoria que, d'entrada, no sembla recalcar tant la necessitat científica de preservar totes les llengües. Es tracta de l'anomenat «model de consciència», propugnat per Noam Chomsky, entre d'altres. Segons aquests lingüistes, totes les llengües funcionen a base d'una gramàtica generativa (la capacitat de distingir entre subjectes, objectes, verbs, etcètera) que ja existeix —presoldada als circuits dels nostres cervells, per dir-ho així— fins i tot abans que comencem a dir les nostres primeres paraules. Que aquestes primeres paraules siguin coreanes o franceses o berbers, doncs, no té cap mena d'importància: el cervell de qualsevol nen les processarà, juntament amb la sintaxi que les acompanya, exactament de la mateixa manera que el cervell de qualsevol altre (és un fet comprovat, per exemple, tal com ha assenyalat el lingüista valencià Jesús Tuson, que tots els nens, siguin africans, asiàtics o occidentals, aprenen els idiomes del seu entorn exactament a la mateixa edat). Com a conseqüència, els nostres pensaments són independents de l'idioma que fem servir per plasmar-los. De fet, el sentit comú ens diu que si no fos així, seria impensable que un xinès adoptés una ideologia occidental, com ara el marxisme, o que un occidental es convertís en budista, posem per cas. De fet, si les nostres llengües condicionessin els nostres pensaments, també seria impossible —per agafar un exemple més proper— que un catalanoparlant nadiu es convertís en castellanocèntric o un castellanoparlant nadiu en catalanocèntric (així mateix, tant el polític socialista Josep Borrell com el meu amic Nacho serien impossibles). La teoria de la gramàtica generativa —acceptada avui en dia per la gran majoria de lingüistes— ens allibera, per tant, del determinisme cultural de base lingüística que, en el fons, no és res més que aquella mena de prejudici —encara força popular— que ens voldria fer creure que, posem per cas, tots els parlants d'àrab són, per força, musulmans (o fins i tot islamistes radicals), o que tots els parlants de basc són simpatitzants d'ETA. Es tracta d'un prejudici que, a la llarga, porta al racisme ras i curt: no era per res que en un assaig del 1941, el ministre de propaganda nazi Josef Goebbels analitzava algunes paraules de yiddish —l'idioma principal dels jueus de l'Europa central i oriental— per demostrar, segons ell, la naturalesa «irreversiblement aliena» d'aquests.

De manera que sembla que els anglesos ganduls, els castellanoparlants integristes i els estudiants d'Erasmus espavilats tenen més raó que un sant quan afirmen allò de «les llengües són per comunicar i prou». Al cap i a la fi, si tots els idiomes són neutres, si tots depenen d'un grapat de factors universals que tots els nostres cervells comparteixen, llavors l'única cosa que importa és, en efecte, la comunicació, i la comunicació seria molt més fàcil si féssim servir només els idiomes més estesos. Que això significaria fer caure milers i milers d'idiomes relativament petits en l'oblit? *Tant pis, messieurs!*

Un cop més, cal recórrer al sentit comú per veure que les coses no són pas tan senzilles. Per començar, si fos cert que l'única funció de les llengües fos la comunicació i res més que la comunicació, tots —en teoria— hauríem d'estar esforçant-nos perquè els països encara no anglòfons adoptessin l'anglès com a llengua vehicular. L'anglès, amb mil cinc-cents milions de parlants (entre nadius i gent que l'han adquirit) és, amb diferència, la llengua de comunicació més estesa del planeta (l'espanyol, que alguns polítics i lingüistes interessats també volen promoure com un idioma de comunicació internacional, no li arriba ni a la sola de la sabata). Per tant, si el que volem és comunicar-nos com amb més gent millor, l'anglès és, sens dubte, l'idioma que tots hem d'aprendre. És més, simultàniament hauríem d'anar abandonant tots els altres idiomes, des de l'hindi i el xinès fins a l'holandès i el mateix castellà, atès que aquests, objectivament mirats, no són res més que obstacles a la comunicació global proporcionada per l'ús generalitzat de l'anglès. Això, de fet, és una mica el que ja ha passat a Malàisia. La gent jove allà ha començat a abandonar l'idioma oficial del país —el malai— a favor de l'anglès, per bé que aquest no és l'idioma matern de gairebé ningú. Tant és així, que si trobes, per casualitat, un grup de malais de menys de vint-i-cinc anys (tal com em va passar a mi a l'aeroport de Girona, el juny del 2004) el més probable és que estiguin parlant entre ells en la llengua de Ted Turner. Si després decideixen transmetre l'anglès als seus fills (i aquests fan el mateix amb els seus), acabaran reduint el malai, a mitjà o a llarg termini, a l'estatus d'un patuès.

Dit això, crec que ens costaria imaginar que aquest procés de substitució lingüística es pogués dur a terme a tots els països del món. Per analitzar-ho amb un cas proper, ¿tots aquells castellanoparlants monolingües que s'omplen la boca parlant de la necessitat de comunicar, de trencar barreres i no construir-ne més, de ser internacionalistes, etcètera —i a Catalunya, em sembla que tots en coneixem si més no un (i a la Catalunya Nord, tres quarts del mateix pel que fa als parlants monolingües del francès)—, realment estarien preparats a abandonar el seu idioma a favor de l'anglès o ni tan sols a donar més prioritat a l'anglès que no pas al castellà (o el francès)? Ho dubto. De la mateixa manera que dubto que fins i tot un parlant d'un idioma reduït —el txec o el noruec, per exemple— hi renunciés de bona gana. Cosa que suggereix que aquí hi ha gat amagat, que aquí hi ha més factors en joc dels que s'expliquen en veu alta. I els mateixos defensors del «model de consciència» són els primers a admetre-ho.

Només cal comparar alguns idiomes —ni que siguin els molt pocs que domino una mica— per esbrinar quins són aquests factors. Per no anar més lluny, es veu de seguida que els idiomes no són intercanviables: una cosa dita en un idioma no és ben bé el mateix quan es diu en un altre. És a dir, cada idioma conté una sèrie d'elements i recursos que el fan únic, uns elements i recursos efectivament intraduïbles, exclusius de l'idioma en qüestió. L'exemple que normalment es fa servir per il·lustrar això és el famós cas de la llengua dels esquimals —l'inuit— que té, diuen, entre cent i quatre-centes paraules per expressar el substantiu «neu». Desafortunadament, es tracta d'un mite —n'hi ha tan sols quatre, de mots inuits per dir «neu», més o menys els mateixos que hi ha en català—, però sí que és cert que cada idioma té paraules per a les quals és difícil trobar equivalents en altres llengües. Per exemple, en anglès hi ha un ventall ampli de paraules que corresponen a l'adjectiu «begut»: *tipsy* vol dir 'una mica marejat'; *tiddly*, 'una mica marejat i a més rialler'; *squiffy*, 'una mica més que marejat'; *well-oiled*, 'begut però capaç de funcionar normalment'; *pissed*, 'francament i potser visiblement begut'; *plastered*, 'tan begut que es nota en la manera de parlar i potser de caminar'. (I he seleccionat menys del deu per cent dels sinònims disponibles.) Com podeu veure, tots aquests mots anglesos per descriure un estat d'embriaguesa són difícils —per no dir impossibles— de traduir, tal qual, al català. Un angloparlant, d'altra banda, tindria moltes dificultats per copsar bé —amb tots els seus matisos— uns conceptes com ara «carrincló», «esmaperdut», «malaguanyat» o «murri» i no sabria en absolut com expressar exclamacions tan habituals com «Déu n'hi do» o «no hi ha dret» o «què hi farem». Com tampoc no sabria traduir ben traduït unes frases castellanes tan banals i habituals com ara *sin embargo* i *desde luego*. I tant un angloparlant com un catalanoparlant com un castellanoparlant tindrien dificultats per traduir, posem per cas, un adjectiu d'un altre idioma que mig parlo: l'adjectiu neerlandès *gezellig*. *Gezellig* —una paraula molt comuna— es fa servir per descriure un ambient agradable i acollidor, però té uns matisos que els mots catalans «agradable» i «acollidor» no expressen, ni de lluny. Ben mirat, *gezellig* descriu una mena d'ideal social holandès segons el qual una reunió familiar o de vells amics s'amara d'una sensació de seguretat i de recolliment de la qual tothom és plenament conscient. Com acabeu de veure, han calgut trenta paraules per resumir un concepte que en holandès s'expressa amb una.

Tot això —per bé que només es tracta d'un cop d'ull molt superficial fet a l'atzar a quatre llengües europees— ens porta a una conclusió tan evident que no caldria ni dir-la, però la disingenuïtat o bé prepotència innocent d'alguns parlants d'idiomes grans —els primers a defensar «la comunicació i prou»— ens hi obliga: abans que puguem comunicar alguna cosa, primer l'hem d'expressar. Repetim: sense expressió, no hi ha comunicació. I com més subtil és l'expressió, més profunda és la comunicació, i a l'inrevés. Aquest és un fet que qualsevol parlant nadiu d'anglès nota de seguida quan conversa amb algú que ha après l'anglès com a segon o tercer idioma. En la majoria de casos, hi ha un gran desequilibri pel que fa a la capacitat d'expressió dels dos interlocutors, perquè el parlant nadiu té accés a tota una sèrie de matisos —per no dir res d'un vocabulari molt més gran— que no coneix el parlant estranger. Aquest pot comunicar, evidentment, però no pot comunicar tan bé com el nadiu. És més, tampoc no pot captar la meitat de la informació subliminal —el pes precís de segons quines paraules, la diferència lleugera entre un adjectiu i un quasisinònim seu, etcètera— que el nadiu vol transmetre, a menys que l'estranger conegui molt i molt bé l'anglès, és a dir, que s'hi hagi immergit, gràcies a un contacte perllongat amb angloparlants nadius, i que hagi descobert aquells elements únics que només pertanyen a l'anglès, que, com cada idioma, ja ho hem dit, té uns recursos exclusius. Dit d'una altra manera: si vols anar pel món comunicant-te a un nivell senzill —«On són els lavabos?», «Quant val aquest gosset de l'aparador?»— és clar que més val fer-ho en un idioma que conegui molta gent, sigui l'anglès o qualsevol altre. Però si vius en un lloc concret, i necessites comunicar-te amb els teus veïns d'una manera més profunda, fins al punt de poder compartir els conceptes que només ells saben expressar, més val que aprenguis el seu idioma, ni que sigui un de ben petit.

És més, darrere tots els idiomes hi ha un llarg procés, un procés que no s'acaba mai, evidentment, perquè qualsevol llengua ha de continuar adaptant-se a canvis de tota mena, des del contacte amb altres comunitats lingüístiques fins a l'invent de nous artefactes o conceptes que requereixen noms nous (si no, no tindríem ni biberons ni catifes ni esquís ni màquines escurabutxaques ni menjacapellans). Cada idioma, doncs, és el resultat de segles d'experiències i de coneixements acumulats. Tal com ha dit Ken Hale, un company de treball de Noam Chomsky: «Les llengües encarnen la riquesa intel·lectual dels pobles que les parlen. Si una d'elles es perd, és com si algú hagués bombardejat el Louvre.»

Havent dit això, és fàcil oblidar el que els anomenats *cosmopolites* consideren com un factor negatiu: el fet que cada idioma no és pas un producte global, comú a tots, sinó que prové d'una comunitat lingüística única i específica. Per tant, els idiomes ajuden a marcar diferències entre regions, nacions, tribus, pobles... Qualsevol idioma «pertany» a la comunitat que l'ha creat, l'identifica, la distingeix de les altres sis mil comunitats lingüístiques que hi ha al planeta. Cosa que significa, evidentment, que entre els parlants de qualsevol idioma hi ha una certa complicitat automàtica, que no vol dir —Déu ens n'empari— que compartim una sèrie preestablerta d'opinions amb els nostres interlocutors, però sí un cert sentit d'estar jugant al mateix joc, d'estar apostant al mateix cavall. En canvi, quan viatgem a un país on es parla un idioma que desconeixem tenim la sensació que tots els nadius pertanyen a una mena de societat secreta, exclusiva, i sovint la nostra primera reacció és de recel, i amb raó, perquè en certa manera cada idioma és, efectivament, una societat secreta, amb les seves regles obscures, els seus ritus estranys, les seves complicitats desconegudes (i tots els invasors ho saben, no és per res —tal com diu Prat de la Riba en algun lloc—, que la primera cosa que fan els conqueridors quan ocupen un país és provar de substituir l'idioma del poble derrotat amb el propi).

D'aquí ve la reticència d'alguns *soi-disant* internacionalistes a la diversitat lingüística: és una font de desavinences, afirmen, i pot arribar a tenir conseqüències nefastes. Millor reduir aquesta diversitat al màxim, doncs, millor primar els idiomes més estesos per damunt de tots els altres. Ho diuen tant els anarquistes de la vella escola com els nacionalistes estatals més centralistes, tots units per la por a uns idiomes petits —com ara el català— que veuen com a amenaces a una certa unitat reconfortant, sigui del planeta sencer en el cas dels primers o d'un estat en concret en el cas dels segons. Ara bé, a aquestes alçades, ja se sap que aquestes pors no són gens justificades, gràcies al fet senzill que hi ha una manera molt fàcil de trencar les suposades barreres lingüístiques, o sigui, de fer-te soci de les societats secretes que t'envolten: senzillament, aprens l'idioma en qüestió, tal com ja hem suggerit. Per fer-ho, no cal que la teva pell sigui d'un tal color o que el teu rebesavi hagi nascut en un tal territori: els idiomes són oberts a tothom, absolutament tothom, i aviat tu també acabaràs coneixent-ne els ritus i observant-ne les regles i, sobretot, gaudint de la immensa complicitat que et proporcionen, aquesta complicitat automàtica, ja comentada, amb els seus parlants (encara que tinguis unes opinions totalment diferents d'ells: això no hi té res a veure). Dit d'una altra manera, aconseguiràs accedir a la «riquesa intel·lectual» de la qual Ken Hale va parlar, a l'estoc vast de matisos i conceptes que tots els idiomes amaguen darrere les seves façanes aparentment hermètiques. És com fer un pacte subliminal amb els parlants, una mena d'encaixada de mans invisible.

D'aquí sorgeix la gran contradicció que l'aprenentatge d'un idioma és alhora un acte voluntari (perquè la iniciativa i l'esforç principal han de venir de l'aprenent) i obligatori (perquè la mateixa existència d'un idioma implica que l'hem d'aprendre, si us plau per força, si volem entrar al món dels seus parlants). Per obvi que sigui, això, hi ha molta gent que no ho entén, o diu que no ho entén, i el cas català, és paradigmàtic en aquest sentit. En un debat sobre la visió que els estrangers tenim de Catalunya a Televisió de l'Hospitalet, el 2003, un participant argentí, resident a l'Hospitalet, va dir que ell no tenia res contra el català però que no li agradava que els catalans l'obliguessin a parlar-lo. I l'argentí no estava sol: la suposada obligatorietat del català ha aixecat polseguera des de la fi de la dictadura, tant entre molts estrangers com entre alguns castellanoparlants (sobretot els que viuen fora del Principat). És clar, sota Franco, quan el català era un idioma amordassat, confinat a la llar, se'l podia passar per alt sense cap mena de problema. Però un cop que es va convertir en un idioma una mica normal —utilitzat als rètols de les botigues, a les escoles, als mitjans, als llibres, amb molta més freqüència al carrer...— també es va convertir, evidentment, en obligatori, *com tots els altres idiomes*. És a dir, la seva pròpia existència pressuposa la necessitat d'aprendre'l si no vols estar exclòs de l'univers que representa (i una factura de gas en català és tant un fragment d'aquest univers, com —posem per cas— una novel·la de la Rodoreda). Així de senzill. I hi ha catalanoparlants que ho saben perfectament, això, com ara un farmacèutic que treballa a Sarrià que es va negar a atendre una amiga meva peruana en català l'altre dia, per bé que ella no feia servir cap altre idioma: tot mirant la seva fisonomia clarament llatinoamericana amb una aversió que no feia cap esforç per amagar, aquest senyor d'un barri benestant no dubtava a mantenir distàncies entre ell i aquesta immigrant, aquesta persona de segona classe, mitjançant l'ús deliberat del castellà, com si li digués, «en el meu món no hi entraràs pas, nena». Ara que hi penso, molts catalans fan una cosa semblant —tot i que més aviat inconscientment— cada vegada que parlen automàticament en castellà a una persona que donen per descomptat que no entendrà el català, i aquesta persona, curiosament, sol ser de classe treballadora —un taxista o un paleta— com si els obrers fossin incapaços de pronunciar la doble ela o la c trencada, o bé, i amb cada vegada més freqüència, aquesta persona sol ser un estranger, i si és, a més, un estranger de classe treballadora, segurament no se li adreçarà una sola paraula en català mentre visqui. Hi ha molts catalanoparlants —jo diria la majoria— que pensen que així estan sent ben educats, que així no molestaran, que així ningú no pensarà malament d'ells, però el que estan fent en la realitat és negar als altres la complicitat de la qual ells mateixos gaudeixen, la complicitat inherent a tots els idiomes, l'entrada a la societat secreta local i única, l'encaixada de mans invisible.

En una xerrada que l'escriptor Rafael Vallbona va organitzar amb els seus estudiants de periodisme i comunicació sobre el llibre sense importància que vaig escriure sobre el meu viatge per Catalunya l'any 2000, un dels estudiants em va dir que li semblava que jo havia donat massa importància a la llengua al llarg del llibre, perquè, va afirmar, un pèl agressivament, la llengua no era l'únic element de la cultura catalana, que n'hi havia molts més, i jo, que sóc una figa tova, una pixa fluixa, no volia discutir i vaig fugir d'estudi dient alguna ximpleria per cobrir l'expedient, però hauria d'haver dit que sí, que donava i encara dono molta importància a la llengua, és més, que estic convençut que la llengua és l'element més important de la cultura, de qualsevol cultura, amb diferència —la catalana inclosa, no cal dir-ho—, que la llengua, ja ho hem vist, és alhora comunicació i expressió i complicitat, i que vivim el noranta-nou per cent de les nostres vides al bell mig del triangle format per aquestes tres coordenades, la comunicació, l'expressió i la complicitat, sense les quals no hi hauria vida més enllà de la vegetal, sense les quals no actuaríem ni reaccionaríem, no podríem fer absolutament res, ni comprar espinacs, ni maleir la parella, ni donar el condol a qui sigui.

És més, hauria hagut d'afegir, les paraules —sent sons— són un element geogràfic més, formen una part de la geografia tan important com les illes de cases de qualsevol ciutat o els turons de qualsevol paisatge; suren en l'aire i el marquen, creen l'ambient que ens envolta de la mateixa manera que una cançó cantada mínimament bé al metro ens fa sentir com si estiguéssim en una pel·lícula... Si a la ciutat de Londres el noranta-nou per cent de la població parlés alemany, no seria una ciutat anglesa. Cal dir-ho? Es veu que sí, atès que un percentatge important de la població catalana no sembla haver-se adonat que si el noranta-nou per cent dels habitants de Barcelona parlessin castellà i res més que el castellà —i la cosa va per aquí—, doncs Barcelona ja no seria una ciutat catalana.

Llavors, és clar, hi ha el factor personal. No és fàcil aprendre un idioma, al contrari, és un procés llarg i difícil que requereix molts esforços i una tossuderia considerable, sobretot si, com jo, no tens el do de llengües. No he passat per la primera fase —sempre tan frustrant— d'immersió en català, no he passat els següents vint anys de la meva vida eixamplant el meu vocabulari català a cop de consultes constants al diccionari, no he arribat al punt en què penso gairebé tant en català com en anglès, per acabar tractant el català com si fos un idioma de recanvi, un mer complement a un idioma suposadament més important. Si hi ha molts catalanoparlants que tenen precisament aquesta actitud, doncs ja s'ho faran. Pel que fa a mi, tinc la intenció de continuar utilitzant el català a Barcelona amb la mateixa normalitat que faig servir l'anglès a Londres, i penso fer-ho, això, fins al dia que marxi o el dia que.

La qüestió de la llengua ha estat una constant al llarg de tots aquests anys viscuts a Catalunya. Deu haver-hi pocs llocs del món en els quals es parli tant de l'ús d'una cosa tan quotidiana com un idioma. En certa manera, aquesta situació fa que Catalunya tingui una mena de tensió permanent que la fa força més interessant que un país normal. D'altra banda, també fa que molts dels seus habitants —tant els catalanocèntrics com els castellanocèntrics— semblin uns obsessius monotemàtics, com aquells pesats que t'arraconen en una festa fins que et penses que et tornaràs histèric.

Parlem-ne.

Els catalans pesats

El primer barri on vaig viure a Barcelona era el Poble Sec, concretament la part que cau a l'extrem nord del Paral·lel, allà on comencen els edificis de la Fira. Hi ha uns carrers estrets i tranquils, ombrívols, que donen de tant en tant a alguna plaça petita envoltada de cases baixes; jo llogava una habitació en un pis fosc però còmode. Era una persona massa demostrativa, saltava i reia i brandava els braços per qualsevol cosa que m'entusiasmés ni que fos una mica, com ara el fet que ja estava vivint en un país estranger i que els ponts ja cremaven, ja crepitaven, darrere meu. Només anar a les botigues locals em feia estremir amb una mena d'èxtasi, tot i que només hi comprava llaunes de calamars i pop i musclos que devorava cada migdia, assaborint l'exotisme d'aquests animals marins coberts de salses de colors. De fet, qualsevol detall diferent m'exaltava, qualsevol detall nou: l'estrèpit de les tanques metàl·liques a la sortida del metro, la visió de les muntanyes que sobresortien més enllà dels edificis negres i grisos dels grans carrers de l'Eixample, les noies que portaven massa passadors als cabells, l'olor de pols escalfada que m'acollia cada matí quan sortia de casa *meva* a Barcelona per anar a la feina per guanyar els *meus* diners barcelonins, els nevassos de burilles i sobrets de sucre buidats que s'apilonaven al peu de cada barra de bar, l'aire farcit de suor, de cendra vessada i de perfum evaporat a les discoteques de la plaça Reial, les llambordes fosques i molles que trepitjava una rere l'altra, vigilat per les cases ratades del carrer Hospital, quan tornava cap a casa, a altes hores de la matinada cada dissabte. N'absorbia els detalls amb un cert aire de propietari, com si algú m'hagués deixat tot plegat —cada barana de ferro, cada voravia esquerdada— en herència, sense haver-me'n passat cap inventari, com la casa d'una tia del meu pare, a Londres, la tia Ivy, que la va deixar als seus nebots sense cap testament ni res, plena com estava de caretes antigàs, pipes d'opi, reculls de tires de còmic desfasats, llums modernistes i centenars i centenars de coses més que nosaltres, els familiars, vam haver de regirar a poc a poc, manejant cada objecte polsós amb tanta cura com sorpresa.

Durant aquells primers mesos a Barcelona, gairebé no entenia el castellà i, evidentment, tampoc no el parlava. Això no resultava ser cap problema, la major part del temps: gairebé tothom a qui parlava entenia el català, si més no, i de les respostes que alguns em donaven en castellà vaig començar a aprendre aquest idioma, d'oïda. De vegades, com ara quan els altres amb qui compartia el pis volien veure una pel·lícula en castellà a la tele, se m'apoderava una barreja de frustració i irritació: frustració perquè no entenia l'idioma en qüestió, i irritació perquè no m'agradava la idea que per viure aquí com un habitant més, hagués d'aprendre'l, per força. La meva actitud envers el castellà, de fet, era molt semblant a la de molts castellanoparlants i estrangers envers el català, o sigui, el rebuig immediat, perquè jo hauria volgut que no fos necessari saber entendre i parlar un idioma que considerava, d'alguna manera, tan superflu com imposat. Trigaria uns quants anys a desfer-me d'aquest prejudici.

En fi, jo nedava en les aigües tèbies de la ciutat amb el català que em feia d'ulleres protectores, per dir-ho així, feliç a l'hora no només de poder xerrar en aquesta llengua amb la parella, que vivia al pis, sinó també de poder-la utilitzar per fer qualsevol petita transacció: comprar tabac, cervesa, pernil dolç, una ració d'ensaladilla russa... Fins que, un dia, vaig decidir preparar una esqueixada. Havia clissat una bacallaneria en una d'aquelles placetes que semblaven maquetes i hi vaig fer cap, un dissabte al matí. Hi havia una cua llarguíssima de senyores, a la qual em vaig apuntar. Quan em va tocar a mi, vaig sortir de la cua i em vaig posar davant per davant del taulell on vaig dir a la dependenta, una noia de la meva edat amb uns cabells moreníssims, què era el que volia: unes olives negres d'Aragó i uns quants centenars de grams de peix esqueixat. Mentre em servia, la noia em va preguntar:

—Ets d'Eivissa, potser?

—No.

—De Perpinyà? Segur que ets de Perpinyà.

—No, sóc de Londres.

La noia es va encarcarar amb una cara de sorpresa realment impressionant, amb la boca badada i uns ulls com unes taronges, com si jo hagués fet alguna cosa extraordinària (anava a dir, com si hagués tret el membre dels pantalons, però la sorpresa que mostrava era molt més gran que la que li hauria pogut causar la visió de la meva pobra titola). De cop i volta, va mirar cap a on la seva mare despatxava un altre client, més al fons de la botiga.

—MARE! MARE!

La mare, que l'hauria sentit encara que hagués estat a l'altra banda de la plaça, va aixecar el cap:

—QUÈ?

—AQUEST NOI ÉS DE LONDRES I PARLA CATALÀ!

Aquestes dues últimes paraules les va xisclar amb tanta força que la cua sencera va girar el cap per mirar-me. Ara va tocar a la mare posar una cara de sorpresa.

—QUÈ DIUS, ARA?!

—SÍ, JO PENSAVA QUE ERA DE LES ILLES O DE PERPINYÀ PERQUÈ TÉ ACCENT, PERÒ ÉS DE LONDRES, ÉS ANGLÈS!!!!

—OSTRES!

A aquestes alçades, ja m'havia convertit en el centre d'atenció no només d'absolutament tothom que hi havia a la botiga sinó d'algun vianant i tot. Com si es tractés d'una informació secreta, la mare s'havia posat a explicar la situació a la clienta que tenia davant:

—Ho has sentit, Maria?, aquest xicot és anglès i parla català...

Vermell com un tomàquet, vaig demanar el preu de les coses que havia comprat en la veu més baixa de la qual era capaç. Mirant-me amb una cara encara meravellada, la noia va cridar la quantitat, vaig pagar, i vaig marxar com més ràpid millor, mussitant un «adéu» gairebé inaudible però no inaudible del tot perquè tant la mare com la filla van bramar:

—ADÉU-SIAU! ADÉU-SIAU!

Havent sortit de la bacallaneria, amb els ulls de la clientela multitudinària clavats a l'esquena, em vaig adonar que estava suant abundantment i que el cor se m'havia accelerat. Em vaig allunyar de la botiga a grans camades i he de confessar que a partir d'aquell dia no m'hi vaig acostar mai més; al contrari, feia marrades per no haver de passar-hi per davant.

És cert que això va passar l'any 1985, quan no només no hi havia gaires estrangers a Catalunya, sinó que molt pocs d'aquests, poquíssims, sabien parlar català. No sé de quin percentatge es tracta, potser d'un tres o un quatre per cent, potser menys i tot, si havia de jutjar pels estrangers residents amb qui topava de tant en tant (gairebé tots del nord d'Europa). Així mateix, podia entendre que a molts catalans els fes una certa gràcia trobar un anglès que parlava el seu idioma matern, però tanmateix no volia que cada vegada que anava a fer compres acabés sent aplaudit com un mico que acaba de pelar una taronja, no volia convertir-me en un *freak* lingüístic.

Afortunadament, en sentir-me parlar català, no tothom s'esvalotava tant com la mare i la filla de la bacallaneria del Poble Sec; al contrari, la gran majoria —sobretot amb el pas dels anys i el corresponent augment del nombre d'estrangers catalanoparlants— ho assumia amb naturalitat, de vegades afegint-hi un petit compliment (tal com m'hauria complimentat un francès o un alemany, per exemple, si hagués après aquestes llengües), de vegades —en al cas d'algun bàrman— convidant-me a una copa de franc (una mostra d'apreciació que no em molestava en absolut) o de vegades senzillament assegurant-me amb un somriure de complicitat que no els desagradava del tot que un estranger hagués fet un petit esforç extra per tal d'integrar-se. I aquestes demostracions favorables no eren, ni de bon tros, fetes únicament pels catalans dits de *soca-rel*. Una gallega catalanoparlant em va dir un dia que sentia una mena d'orgull curiós pel fet que el seu segon idioma també s'hagués convertit en el segon idioma d'un de fora, un sentiment que vaig arribar a sentir expressat, de maneres diferents, en la boca de força castellanoparlants que també havien après el català per les raons que fossin. En fi, era conscient, en tot cas, que el fet d'haver après el català em conferia una mena d'aurèola de còmplice per a alguns, i, com no podia ser d'altra manera, de pallasso o d'idiota per a alguns altres (mai no oblidaré la noia castellanoparlant de la zona alta de Barcelona —la nòvia d'un amic meu— amb qui vam anar a sopar i que de cop i volta es va posar a riure de mi, histèricament, incontrolablement, perquè jo parlava en català amb els cambrers).

Ara bé, també s'ha de dir que alguns catalans es comporten d'una manera automàtica un cop que veuen que tu ets alhora estranger i catalanoparlant; tant és així, que és possible anticipar tot el que diuen moments abans que les paraules els surtin de la boca. Per exemple, hi ha el

català que es queixa dels castellanoparlants monolingües

que es troba pertot arreu; de fet, jo me'l trobo, si més no, un cop la setmana. És fàcil de reconèixer: sempre té almenys deu anys més que jo —i això ha estat així durant els vint anys que he viscut aquí, o sigui, quan tenia més de vint anys, l'altre sempre en tenia més de trenta, i ara que en tinc quaranta i escaig l'altre sempre en té, com a mínim, cinquanta i escaig— i la conversa habitualment va així:

—Tu no ets d'aquí, oi?

—No. Sóc de Londres.

Aquí toca un somriure amable per part del català.

—Doncs, carai, parles el català molt rebé.

Què es pot dir a un afalac així? Jo solc respondre amb la meva falsa modèstia habitual i dic, abans que em pugui aturar:

—No té cap mèrit, he viscut aquí molts anys.

Ja està: el català abaixa la veu, esbatana els ulls, acosta el cap i diu en un mig xiuxiueig, com si es tractés d'un acudit verd, aquesta frase que he sentit, literalment, centenars de vegades durant les dues últimes dècades:

—Doncs hi ha gent que han viscut aquí trenta o quaranta anys i no saben dir ni una sola paraula en català!

I ara què faig? Si li dono la raó és com si afirmés la meva superioritat a tots aquests castellanoparlants que suren com una massa amorfa, uniforme i aparentment força lletja en l'imaginari de l'altre. Si el contradic —dient, per exemple, que conec un munt de castellanoparlants que han après el català, i que, en tot cas, tothom té el dret a no aprendre quelcom si no vol— ell m'entretindrà allà mateix durant un temps indefinit amb un munt d'anècdotes lingüístiques tretes de tota una vida com a nadiu d'un país diglòssic (i, en una forma o una altra, ja he sentit totes aquestes anècdotes); doncs somric, arronso les espatlles, mussito alguna cosa com ara «no ho sé» i faig cap a la sortida (perquè aquesta conversa sol tenir lloc en una botiga) just en el moment que entra un altre client, un client que tot seguit diu «*buenos días*». El meu interlocutor, aquest guerrer de la llengua, aquest catalanoparlant sofert, li respon «*buenos días*» sense vacil·lar i amb un somriure tan ample com el que m'ha regalat a mi fa un moment quan ha sentit que jo era un estranger catalanoparlant. Cap intent de fer servir alguna paraula en català, cap intent, de fet, de fer res que no sigui vendre que, al cap i a la fi, és el que pertoca si ets botiguer. Però com vol que un castellanoparlant entri en contacte amb el català, com vol, fins i tot, que senti alguna paraula en català, si els catalanoparlants que estan més en contacte amb el públic es neguen a pronunciar-ne ni una en la seva presència?

En tot cas, aquest tipus de català pesat és gairebé inofensiu si el comparem al

català que dóna lliçons d'història

Segons aquesta gent —i mai no són historiadors, siguin professionals o siguin aficionats, que consti—, absolutament tota la història catalana no és res més que un gran monument, una gran justificació incontestable, que demostra, sense cap mena de dubte, que els catalans d'avui en dia *tenen raó en tant que són catalans.*

Afortunadament, no n'hi ha gaires, d'aquests predicadors de la història, però si en trobes un, i es dóna la casualitat que ets un estranger catalanoparlant, doncs ja pots preparar-te les orelles per al sermó, perquè aquest tipus de català sol donar per descomptat que cal explicar-t'ho absolutament tot, i «tot», aquí, vol dir tots aquells moments clau que, segons ell, han marcat els catalans profundament i els han acabat donant *la raó*. El monòleg sol anar així:

—Catalunya era el primer país d'Europa de tenir una democràcia blablabla i el primer país de tenir un codi marítim blablabla i el *Llibre de Coch* el primer llibre de cuina blablabla i és possible que fins i tot inventéssim la forquilla imagina't quan a Madrid encara no menjaven amb cullera blablabla Ramon Llull va inventar la informàtica blablabla segles tretze i catorze un dels imperis més grans d'Europa blablabla els nostres almogàvers van fotre canya pertot arreu la venjança catalana blablabla ens van prohibir d'anar a Amèrica blablabla la Guerra dels Segadors contra les tropes castellanes blablabla els feien dir «setze jutges» i si ho pronunciaven malament, zas!, bon cop de falç! blablabla Tractat dels Pirineus vam perdre la Catalunya Nord com si res als castellans tant se'ls en fotia blablabla pèrdua de tots els nostres drets el mil set-cents catorze Decret de Nova Planta Olivares tancament de les universitats van prohibir el català blablabla primera revolució industrial a Europa després d'Anglaterra blablabla un català va inventar el primer submarí del món blablabla Franco quaranta anys genocidi cultural la transició *café para todos* blablabla i ara el tripartit ja em diràs

O una cosa així. Es tracta, en tot cas, d'una versió immaculada de la història catalana, lliure d'antisemitisme, de negrers, d'anarquistes —els anarquistes, per aquest tipus de català, són un factor negatiu— o de col·laboradors franquistes.

Ara bé, aquests suposats experts a part, la història catalana sí que ens pot ser útil, sobretot perquè ajuda a desmentir la història espanyola tradicional i encara ensenyada avui en dia, amb les seves faules d'unificació total en un període en què no hi havia un estat unit en tot Europa, amb els seus reis intocables, els seus genocidis tapats, la seva civilització putrefacta i hipòcrita engalanada amb escuts i farbalans i armes decoratives, com les històries oficials de totes les nacions oficials, cada una amb el seu mite fundacional, la seva mentida profunda i lluent, encastada prou bé en els caps dels seus escolars perquè aquests la vagin recordant fins al dia que morin. Cada història oficial és una petita societat de l'espectacle que tothom dóna per descomptat sense qüestionar-la mai, en la qual tothom viu feliçment entabanat, i la història catalana, en aquest sentit, és com un atac situacionista brillant contra l'autosuficiència plàcida dels creients de la història oficial, com si algú hagués rebentat la bombolla de la llegenda nacional espanyola, amb una agulla treta del no-res. La història catalana, per tant, pot ser una mina de possibilitats subversives, plena com és d'episodis que contradiuen no només la història oficial d'Espanya, sinó també la història oficial de molts altres llocs, atès que la mateixa existència d'una història catalana pressuposa l'existència d'altres històries amagades —a França, a la Gran Bretanya, a Itàlia, i a tots els altres països monolítics, pomposos, autosuficients, parapetats darrere les seves absurdes històries oficials—; és més, pressuposa una visió completament diferent de la història d'Europa, començant amb el qüestionament de la identificació històrica dels estats amb els països —o amb les nacions, si ho preferiu—, una identificació que, per anacrònica que sigui, no deixa de ser la pedra angular del pensament dels que manen a la institució horriblement desfasada que és la Unió Europea.

M'entretinc tant perquè em fa cosa passar al proper exemple de català pesat. Em refereixo al

català que fa bandera de la poca importància que dóna al fet de ser català

Escena: una carnisseria de l'Eixample, prop del Mercat de la Concepció, a finals dels vuitanta. Entro amb la intenció de comprar tres talls de llom. Darrere el taulell, un home d'uns quaranta-vuit o quaranta-nou anys; de complexió més aviat pàl·lida, té els cabells ja grisos i una papada emergent.

—Hola.

—Hola.

—Tres talls de llom, si us plau.

—Tres talls de llom... Va bé així?

Faig un cop d'ull als tres talls de llom que acaba de tallar.

—Perfecte, gràcies.

Els embolica.

—No ets d'aquí, oi?

—[amb un petit sospir] No, sóc de Londres.

—I com és que parles català?

—El vaig aprendre en un poble, fa uns anys, ja.

—Per què?

—[sorprès] Perquè... perquè és el que parlava la gent que coneixia. Em semblava lògic... No ho sé... I m'agrada, és clar...

—Saps que a la resta d'Espanya no l'entenen?

—Sí, però jo visc aquí i...

El carnisser fica els talls de llom, ja embolicats, en una bosseta de plàstic.

—Saps una cosa? Jo sóc català de soca-rel. La meva família ha i aquí durant cinc-cents anys, com a mínim. Tenim una masia familiar que data de l'època de Jaume I. No hi ha ningú més català que jo, ningú! I saps què? M'és absolutament igual. Ab-so-lu-ta-ment igual.

Pausa.

—Ah.

—[amb èmfasi] És que hi ha gent que parla molt sobre si som espanyols o si som catalans, però no en faig cas perquè tant és per mi, ser català com espanyol. M'és ab-so-lu-ta-ment igual. Per mi, els catalans no som millors que els altres espanyols, entens el que et vull dir? Per mi, ser català és com ser murcià o asturià, parlo el castellà perfectament, i mi què cony m'importa si algú em parla en català o en castellà? Si em parla en castellà, jo li responc en castellà, i si em parla en català, jo en català. M'és ab-so-lu-ta-ment igual. Perquè al cap i a la fi el sentit comú ens diu que tots som éssers humans, si o no? Sí o no?

—[mirant el rellotge] Suposo que tothom té el seu...

—Els nacionalistes diuen que això no pot ser, i saps què els dic?

—[desconcertat] No.

—Aneu a la porra! Perquè els nacionalistes, en el fons, són uns fatxes, saps?, uns nazis! Per què vull un passaport català, jo? I no som tots europeus, ara? I aquí els catalans dient que hem de separar-nos d'Espanya! Ara que tothom vol tirar les fronteres a terra, els catalans volen posar-ne més! Jo sempre els dic, mireu, sóc més català que tots vosaltres plegats, sóc de sang pura catalana, i tot això que dieu és de bojos! Vull dir, Catalunya està bé, té les seves coses, com a tot arreu. I també té els seus desavantatges, cuidado! Però que no em mengin el coco, explicant-me que és el millor país del món! I que no em vinguin a preguntar si em sento català o espanyol perquè jo em sento tan espanyol com català —m'és ab-so-lu-ta-ment igual— i si vols saber la veritat, més que espanyol o català, jo sóc un ciutadà del món, sí senyor! Passo! Sí senyor, passo olímpicament! Ja t'ho he dit, si em parlen en castellà, jo en castellà, i si em parlessin en anglès, els parlaria en anglès, si en sapigués, és clar... Setanta-cinc pessetes.

—Té.

—Molt bé. I que no deixis que et mengin el coco, que si Espanya, que si Catalunya! Tots som bípedes! Adiós!

Surts al carrer. Busques un bar. Hi demanes conyac.

Però aquesta variant de català pesat no és res en comparació amb el

català que fa mans i mànigues per no semblar català

És fàcil d'identificar: si parla en castellà (o qualsevol altre idioma que no sigui el català), ho fa en una veu ben alta, amb confiança, d'una manera un pèl exagerada:

—OYE TÍO, ¡CUANTO TIEMPO!

Si li parles en català, d'altra banda, abaixa la veu fins al punt que gairebé està xiuxiuejant:

—Com estàs? Bé?

I si la conversa s'allarga, es guardarà prou de fer qualsevol referència a qualsevol cosa que podria ser identificada com a catalana: tots els seus punts de referència no internacionals —llibres, música, pel·lícules, llocs, famosos, política— són exclusivament espanyols. En fi, el seu punt de vista, dit d'una altra manera, és del tot castellanocèntric, és a dir, calcat al de qualsevol persona nascuda a l'Espanya monolingüe, com si el fet de saber parlar català i tenir l'accés a les manifestacions múltiples de la cultura catalana en el sentit més ampli de la paraula que això comporta, com si el mateix fet de viure en un espai geogràfic anomenat Catalunya, no només no tingués cap importància sinó que es tractés d'una nosa vergonyosa que cal passar per alt, com si no existís, com si no hagués existit, com si tot plegat hagués estat gasejat i incinerat i les seves cendres escampades en una fossa llunyana ja el dia que va néixer.

En lloc d'aquests catalans que fan mans i mànigues per no semblar catalans, aquests catalans anodins que mussiten tant, aquests catalans que mai no et miren els ulls, aquests catalans que no saben comportar-se davant d'un estranger catalanoparlant, dóna'm el castellanoparlant més declaradament anticatalà de la terra, dóna'm fins i tot el català més anticatalà de la terra, d'aquells que saben de què va la història però que l'han rebutjada amb coneixement de causa i que no s'estan de cridar de la seva desafecció de les teulades estant, dóna'm, també, per què no?, l'independentista més convençut, l'anarquista més vociferant, el que sigui, qualsevol persona que tingui alguna cosa a dir, qualsevol persona que no hagi caigut en el fang de la indiferència més convencional, dóna'm, *fins i tot,* el català esmentat més amunt —el que fa bandera de la poca importància que dóna al fet de ser català— perquè, per bé que li cal mitja hora per explicar una cosa que a cap espanyol autèntic no li caldria explicar ni durant mig minut, almenys creu en alguna cosa, almenys no el domina la inèrcia pura, almenys té alguna idea pròpia... De tots els catalans pesats, doncs, no n'hi ha cap de més pesat que el català que fa mans i mànigues per no semblar català, que aquest pàmfil perdut, aquest sòmines crònic que no ha sabut fer-se càrrec de l'existència que li ha pertocat, que ni defuig ni accepta, vivint com viu en una bombolla reduïda dintre de la qual l'aire és pobre, sense oxigen, com diluït pels rastres d'un pet persistent.

Desfortunadament, no hem arribat al final de la nostra llista de catalans pesats. En falta un:

l'estranger catalanòfil acabat d'arribar

Allà el tenim, al seu pis, o en un bar, o en una festa. Té uns vint-i-set o uns vint-i-vuit anys i necessita una tallada de cabells. Fa dos o tres anys que viu a Catalunya i, a més, parla català. De fet, parla català amb una correcció —*catifa* en comptes d'*alfombra*, *vorera* en comptes d'*acera*, *cloïsses* en comptes d'*almejas*, *prémer* en comptes d'*apretar*— que desconcerta els mateixos catalans. Però ara no està parlant en català, sinó en la llengua del seu país d'origen, perquè el seu interlocutor és un amic compatriota, un amic que està de visita a Barcelona, un amic que vol veure la Rambla i sortir de copes, però que ha demostrat tenir uns coneixements més aviat minsos de l'anomenada *realitat catalana*; és més, que ha demostrat no tenir-hi gaire interès; és més, que ha demostrat, amb les poques referències que hi ha fet, que considera que no és ben bé una realitat sinó una mena d'aberració excèntrica (que és, al cap i a la fi, més o menys l'actitud de tots els estrangers que visiten Catalunya per primera vegada). Desafortunadament per a aquest visitant, l'estranger catalanòfil ha copsat la seva falta de comprensió de l'anomenada *realitat catalana*. I per a l'estranger catalanòfil, això és un assumpte greu, perquè ell ha emigrat cap a aquesta realitat, ell ara viu aquesta realitat, ell està afal·lerat per aquesta realitat, i té la ferma convicció que ha de convèncer el seu amic *d'una vegada per sempre*, que Catalunya existeix, que Barcelona és més catalana que qualsevol altra cosa, que aquí es parla un altre idioma, i així successivament. Tant ell com el seu amic han estat bevent (perquè és dissabte i toca fer unes quantes cerveses). En el cas de l'amic, això no importa, però en el cas de l'estranger catalanòfil, sí: l'alcohol li ha convertit l'anomenada *realitat catalana* en una cosa urgent, dramàtica i imprescindible i per tant parla pels descosits, repassa vegada rere vegada els punts que ell creu essencials a l'hora d'entendre el país: el Pau i Treva, l'imperi mediterrani, la Guerra de Successió, la revolució industrial, la repressió franquista... El visitant, al començament, prova de dir alguna cosa, de defensar el seu punt de vista, però cada vegada que arriba al final d'una frase l'estranger catalanòfil l'interromp apassionadament per rebatre-li els arguments a l'acte, traient-se discurs rere discurs de la màniga fins que no s'adona que la conversa s'ha convertit en un monòleg, que l'amic visitant, cada vegada més irritat i cansat, ha deixat de parlar, que només vol que l'estranger catalanòfil calli d'una vegada (cosa que sembla cada vegada més improbable) de manera que ell, el visitant, pugui sortir a fer una copa ben sol o —i és l'opció cada vegada més preferible— que pugui anar-se'n a dormir. Vet aquí, doncs, com l'estranger catalanòfil s'ha convertit en el pitjor tipus de pesat imaginable, una mena de monstre (amb la diferència que els monstres solen tenir quelcom d'interessant). Gesticula i garla, balbuceja i exclama, gairebé fora de si, els ulls esbatanats, els cabells saltant cada vegada que belluga el cap per reforçar el que està dient o, més ben dit, predicant... Déu meu, quin horror, si aquest sóc *jo*, jo quan tenia uns vint-i-set o uns vint-i-vuit anys, avorrint els amics visitants, un rere l'altre, enutjant-los, cansant-los, espantant-los, fins i tot.

Evidentment, en aquella època havia pres unes dosis massa altes de Catalunya, no hi estava prou acostumat i no en sabia controlar els efectes. Com si Catalunya fos una quantitat inacabable de sulfat d'amil que no deixava d'esnifar. Ara, és diferent. Ara sóc com el ionqui veterà que mesura les seves dosis fins a l'últim mil·ligram, que s'injecta tranquil·lament i sent com l'heroïna s'arrossega per les venes, lenta i peresosa, deixant-lo en un estupor que és aguantable, si no agradable, gràcies al sentit d'immunitat que confereix. De manera que ja no sento la necessitat de predicar res a ningú, i menys als estrangers. Tant als que són visitants com als que són residents.

El deu per cent més recent: els estrangers residents

Es tracta d'un altre tema suat, un altre tema que fa anys que omple les boques dels ciutadans i les columnes dels diaris i les caselles de les enquestes oficials; un tema, que, si hem de creure aquestes, és el que més preocupa els catalans, més que l'atur i la droga i la violència domèstica plegats. És impossible, doncs, viure a Catalunya —i menys, sent un estranger— i no parlar del neguit dels catalans i de la situació sovint ambigua dels nouvinguts.

Durant els primers dos anys a Barcelona cal dir que no en vaig conèixer cap, d'aquests. I no pas perquè no n'hi hagués, al contrari, n'hi havia un munt, però ara que la paraula «estranger» s'ha convertit en un eufemisme per «immigrant de pell fosca del Tercer Món», tothom s'ha oblidat que la primera gran onada d'estrangers, sobretot a Barcelona, consistia principalment en gent blanca i angloparlant, que tenien fàcil accés a feines força ben remunerades. Als anys vuitanta, segons un article d'aleshores al *Times* de Londres, Barcelona era la ciutat europea on hi havia més demanda de professors d'anglès, i durant tota aquella dècada britànics, canadencs, nord-americans i australians —i alguns holandesos i escandinaus— venien a Barcelona i a d'altres ciutats catalanes per guanyar-se les garrofes ensenyant aquesta llengua. I això que Barcelona no estava gens de moda en aquella època: poca gent l'hauria pogut assenyalar en un mapa; no, els professors d'anglès l'escollien a l'atzar de la mateixa manera que haurien pogut escollir Osaka o Casablanca o qualsevol altre lloc que els sonés una mica per alguna raó (una pel·lícula o un terratrèmol o una guerra civil), i en el cas que ja sabessin alguna cosa de Barcelona, aquesta cosa solia ser una vaguetat com ara «allà fa sol» o bé «diuen que els espanyols són molt simpàtics». De manera que, un cop arribats a la capital de Catalunya feien el mateix descobriment que la major part dels estrangers solen fer quan arriben a qualsevol país estranger amb la intenció de viure-hi: descobreixen que tot els és desconegut, no només els mateixos carrers i edificis sinó, sobretot, la vida social, és a dir la gent, la gent que tenen les pròpies oficines i fàbriques, les pròpies maneres de divertir-se, que es reuneixen amb les seves famílies i els seus amics amb qui parlen de les seves coses, que solen ser coses que són completament alienes al professor d'anglès acabat de baixar de l'avió o del tren o de l'autocar. I què fa aquest professor d'anglès? Subjugat per una sensació tan insuportable com inesperada de solitud, no triga gaire a recórrer als seus, és a dir, als altres professors d'anglès residents a la ciutat i així mateix es reuneix amb ells als mateixos bars —que solen ser bars amb un cert regust anglòfon—, els acompanya als mateixos restaurants, balla amb ells a les mateixes discoteques, parla amb ells de les mateixes notícies llegides a la premsa estrangera sobre coses del país abandonat i, sobretot, adopta el seu punt de vista generalitzat sobre el lloc on tots viuen i tots treballen, i aquest punt de vista sol ser un punt de vista força condescendent, és a dir, d'estrangers que no es dignarien mai a autodefinir-se com a «immigrants» i sí com a «expatriats», és a dir, de gent que té un peu mental plantat fermament al país d'origen i l'altre peu mental sucat deliciosament —o així ho imaginen— en la brutícia exòtica i bigarrada d'un país primitiu i acceptablement salvatge que es diu Espanya. Ben mirat, doncs, la seva actitud envers Catalunya és la d'uns representants supervivents d'un imperi global i superior envers un petit fenomen local i desagradable. Tant és així que, als ulls d'aquests professors, els catalans són o bé uns desequilibrats mentals que encara no han estat diagnosticats correctament o bé una espècie de nacionalistes perniciosos i tancats o bé totes dues coses. En tot cas, afirmen la majoria de professors d'anglès, el que fan o no fan o pensen o no pensen els catalans no té res a veure amb ells, els professors d'anglès, no els afecta per a res, perquè ells, els professors d'anglès, viuen en una realitat molt més digna de consideració, és a dir —i ja ho hem insinuat— la que ells perceben com la realitat «espanyola», que com tothom (els professors d'anglès) sap, és l'única realitat que reconeixen tots els que tenen ni que sigui una mica de sentit comú. Així mateix, el nacionalisme espanyol —o, si més no, el castellanocentrisme en la seva forma més extrema— forma una part indestriable del *weltanschaung* d'una part important de la comunitat anglòfona a Catalunya. La seva actitud envers Catalunya, de fet, és aproximadament la d'un castellà ultraconservador de la vella escola. Tal com em va dir una professora d'anglès fa uns anys: «No tinc res contra els catalans, però per què coi no ens deixen en pau de manera que puguem viure a Espanya tranquil·lament?» (Vivia a Barcelona, la noia.)

I això en el millor dels casos. Perquè en les clavegueres de guirilàndia també es diuen altres coses, coses que voregen la xenofòbia més descarada. Manta vegades he sentit anglesos, holandesos —i fins i tot, excepcionalment, una actriu brasilera, una dona senzillament horrorosa, d'altra banda, que m'agradaria oblidar— exclamar, de cop (i no pas amb la complicitat que mostrarien a l'hora de ser crítics amb els propis països, sinó amb una virulència i un odi gens fingits envers una cosa aliena): *fuck the Catalans!* Una exclamació que permet entreveure tot un magma catalanofòbic que es remou constantment en el fons dels cervells d'aquesta gent privilegiada i que es delata de moltes maneres diferents. Un amic meu anglès, catalanoparlant, em va explicar que un dels professors d'anglès més prestigiosos de Barcelona, on ha viscut durant divuit anys, no només no entenia el català sinó que, en adonar-se que el meu amic el parlava, li va etzibar amb un somriure sorneguer: «No em diguis que ets un botifarrista d'aquells!». Tal qual: un «botifarrista»: la paraula, pel que es veu, que els anglesos defensors de la seva versió peculiar del sentit comú fan servir per descriure els anglesos catalanoparlants. És més, es donen casos encara més estrafolaris de catalanofòbia entre els residents de parla anglesa. Per exemple, hi ha un anglès resident a la ciutat també des de fa molts anys que, a principis dels noranta, quan la Generalitat va posar en marxa una campanya antisida en català, va acusar-la públicament de voler cometre un genocidi contra els castellanoparlants del país. Aquesta mena de catalanofòbia extrema és un sentiment força estès, ja ho hem dit, entre la població anglòfona i nord-europea, nodrit en part per una ignorància difícil de superar de l'objecte del seu odi, i en part per la sensació que els catalans, d'alguna manera, els han impedit a ells d'aconseguir l'èxit professional que creuen que mereixen, sigui perquè, segons ells, els catalans han «imposat» el català i l'han fet necessari per triomfar —com si no hi hagués castellanoparlants d'èxit a Catalunya—, sigui per qualsevol altra raó, per improbable que pugui ser (a tall d'exemple, un anglès que tenia una petita productora audiovisual em va explicar un dia, amb tota serietat, que no podia treballar per TV3 perquè aquesta televisió només contractava gent que tingués cognoms catalans: això en una època en la qual el cap de disseny de TV3 era un italià i l'home del temps es deia Antoni Castejón, per no anar més lluny).

Val a dir que aquest prejudici era molt més comú entre els que van venir a Catalunya durant els anys vuitanta, que no pas entre els que van anar arribant al llarg de la dècada dels noranta, quan una mica d'informació sobre l'existència de Catalunya ja s'havia filtrat a l'exterior (de vegades sembla que els catalans siguin un secret d'estat —una mena de bomba atòmica israeliana—, l'existència dels quals es pot sospitar però que les autoritats governamentals es neguen rotundament a confirmar). Si abans la postura catalanofòbica era generalment acceptada entre la població anglosaxona i nord-europea, com una cosa «normal», ara hi ha, com a mínim, tres sectors d'opinió, crec que de dimensions semblants: els «anti» de sempre; els que no tenen res contra Catalunya però que tampoc no senten la necessitat d'esbrinar-ne gran cosa; i els que fan un esforç conscient per integrar-s'hi com més aviat millor. Avui en dia, doncs, no tot són exabruptes delirants, no tots els angloparlants comencen a corrugar les celles en sentir la paraula *català*, no tot és rondinar i insultar i ridiculitzar els habitants del país amfitrió, però cal dir que, personalment, jo he sentit prou per malfiar-me per sempre més de segons quins àmbits, de segons quins cercles anglòfons, marcats com són per un racisme generalitzat envers els catalans. De vegades he tingut la sensació d'estar a l'Europa d'abans de la Segona Guerra Mundial, quan l'antisemitisme era del tot acceptat entre la majoria de la població, com si jo fos un mig jueu escoltant com l'odi idiota dels aris contaminava l'aire de mica en mica, com si l'odi idiota dels aris omplís l'ambient i dificultés la respiració, com si l'odi idiota dels aris s'hagués convertit en inevitable, omnipresent, permanent, *natural*.

Al final del meu primer any a Catalunya, vaig tornar a Londres per passar-hi el mes d'agost. Just en entrar a l'esplanada de l'aeroport de Gatwick, no em vaig poder estar de somriure, perquè sabia que encara hi havia coses que Londres tenia i Barcelona no tenia pas, coses que trobava a faltar, que em feien sentir una certa enyorança fins i tot, coses com ara les famílies senceres amb cabells tipus rastafari, coses com els sikhs amb els seus turbants, o bé les índies i les paquistaneses amb els seus accents londinencs, tots movent-se amb naturalitat contra el rerefons gris blau de les parets de l'aeroport, sense que ningú no es fixés especialment en ells, cosa que ningú no feia, és clar, perquè a aquestes alçades aquesta gent eren tan anglesos com jo mateix, tan anglesos, de fet, que havien arribat a formar part de les imatges identificadores que encara conservava de la meva ciutat: la columna de Nelson, la Galeria Nacional, el carrer de Charing Cross i els immigrants de segona o tercera o quarta generació, caminant amunt i avall com si res... Dit d'una altra manera, s'havien convertit en un símbol més del Londres que tots els londinencs portem als nostres caps. En comparació amb aquesta barreja espaterrant de pells i roba i pentinats, amb aquest assortit d'ulls foscos i brillants, la població de Barcelona i Catalunya semblava més aviat homogènia i monòtona.

Ara ja no, és clar. Fa vint anys, un africà al metro de Barcelona era un petit espectacle, i la gent sovint el mirava amb uns ulls impertinents, amb una curiositat insolent. Però tot això ha canviat. Segons unes xifres sobre estrangers legalitzats, publicades per la delegació del govern central per a l'Estrangeria i la Immigració l'any 2003, ja hi havia ni més ni menys que 148.000 africans (àrabs i berbers inclosos) a Catalunya, més uns 46.000 asiàtics (indis i paquistanesos inclosos) i uns 100.000 llatinoamericans. D'altra banda, l'onada de guiris —europeus benestants i nord-americans— s'ha estabilitzat a la baixa, amb uns 65.000 residents. Segons aquestes estadístiques, doncs, gairebé el set per cent de la població catalana són estrangers amb els papers en regla (el 1999, aquest percentatge era del 2,6). Es desconeix el nombre d'estrangers il·legals, però es calcula que n'hi deu haver entre un quatre i un set per cent més. De manera que, avui en dia, si més no un de cada deu habitants de Catalunya és un estranger.

Quan a Anglaterra es vivia un ritme d'immigració comparable —durant els anys cinquanta, els seixanta i els setanta—, la reacció de la població amfitriona anava des del racisme declarat (per exemple, als anuncis als diaris per a pisos de lloguer era força normal trobar les paraules «no acceptem gent de color») fins al racisme passiu (per exemple, la negació a immigrants de llocs de treball per als quals estaven perfectament qualificats, sense dirlos que la «causa» real era el color de la seva pell). La vasta majoria de la població blanca, en tot cas, tractava els immigrants com si fossin del tot invisibles, a menys que sortissin parodiats a la televisió pels comediants de l'època —aleshores feien riure— o bé que sortissin als diaris com els perpetradors de diversos delictes: aleshores feien por. Alguns polítics intentaven dramatitzar la situació amb declaracions catastrofistes (el diputat Enoch Powell, per exemple, va preveure que l'arribada constant de jamaicans portaria a una guerra civil i que hi hauria «rius de sang»). A les escoles del país, els fills d'immigrants sovint patien una discriminació sense pietat per part dels fills dels blancs, i al carrer cap immigrant de pell fosca no sabia si, d'un moment a l'altre, algun vianant no li etzibaria un «negre de merda» abans de desaparèixer entre la gentada (no exagero pas: vaig testimoniar un insult d'aquests, en ple centre comercial de Londres; després, l'insultat, nascut a Birmingham, per cert, em va explicar que això li passava un o dos cops la setmana). Poques vegades es va arribar a parlar de la situació dels immigrants amb normalitat i equanimitat, ja que la gent d'esquerres, que eren els que intentaven organitzar debats seriosos sobre el tema, eren incapaços d'eliminar un cert aire paternalista que deixaven entreveure sempre que tenien un caribeny o un asiàtic al davant (un jamaicà em va dir un dia que no sabia qui era pitjor: el racista sorrut o el progressista somrient, ja que un era sincer i desagradable i l'altre amable però fals).

El resultat de tot això era que els immigrants (i els seus descendents) van arribar a patir uns handicaps econòmics específics i unes pressions psicològiques que la resta de la població era incapaç d'imaginar, malgrat que ella, precisament, n'era la causa principal. Les conseqüències eren inevitables: els diferents grups d'immigrants van arribar a malfiar-se de tothom menys dels seus, cosa que va despertar, al seu torn, recels entre la població nadiua, cosa que va donar pas, entre els immigrants (i, sobretot, als seus fills i néts), a una actitud de rebuig de tot el que representava el país amfitrió (un rebuig radicalitzat cada vegada més per l'actitud de la policia que, arreu del país, assetjava la població immigrada i sovint la tractava amb una brutalitat excepcional). Aquesta situació no del tot idònia va durar uns quaranta anys, fins que avui en dia sembla que les coses han millorat una mica, en el sentit que la població blanca ha començat a apreciar les contribucions que els immigrants han fet a la cultura britànica (no cal que digui que alguns dels millors grups de rock i pop del país, alguns dels millors autors, alguns dels millors actors, alguns dels millors pintors i alguns dels millors xefs —per no anar més lluny— tenen cognoms caribenys o asiàtics), alhora que, en general, com ja hem dit, els immigrants i els seus descendents, per fi, són considerats cada vegada més com uns britànics més, és a dir, com una part no només normal sinó també positiva, atractiva, fins i tot, del panorama britànic. Però quin preu han hagut de pagar per aconseguir això! I fins i tot així, continua havent-hi incidents racistes, feines inassequibles per a gent de pell fosca, etcètera, etcètera, etcètera.

Expliquem tot això perquè demostra que, presentats amb una oportunitat única de tirar el país endavant (recordem que els immigrants van ser convidats a la Gran Bretanya perquè hi faltava mà d'obra en diversos sectors), els britànics, francament, la van cagar de ple. Senzillament, no ho haurien pogut fer pitjor. Malgrat això, a principis del segle XXI, tenen una societat més rica, més variada, més dinàmica —i no per tot això menys britànica— que la de fa mig segle, quan un negre al *tube* de Londres era tan rar com un al metro de Barcelona fa vint anys.

Cosa que ens torna a Catalunya, on la població autòctona mira, amb l'ai al cor, com milers i milers de nouvinguts exòtics els omplen el país. I no m'invento això de l'ai. Si els diaris serveixen com a baròmetre de l'estat d'ànim del públic, no deixa de ser simptomàtic que només entre el juliol del 2003 i l'agost del 2004, a la premsa catalana —tant la comarcal com la nacional— es publiquessin ni més ni menys que vuitanta-tres articles sobre la relació dels immigrants amb la llengua catalana (que, evidentment, és només un aspecte entre molts del tema de la immigració). A més a més hi ha hagut, sobretot a partir de l'any 2002, una plètora de xerrades, taules rodones i conferències sobre la immigració arreu del territori, organitzades tant per institucions públiques com per ONG, uns actes —i hi he anat a uns quants— que han suscitat un interès considerable. Val la pena dir que aquest interès, en si mateix, és un bon senyal. Mostra que la immigració és a l'ordre del dia de bona part de la població catalana: se'n parla, s'hi reflecteix, se'n debaten els pros i els contres i això, en certa manera, vol dir que cada vegada que un d'aquí veu un immigrant, aquest camina sota la llum d'un focus invisible, per dir-ho així, al contrari dels primers immigrants a la Gran Bretanya, que van ser consignats immediatament a la foscor de la indiferència o bé de l'hostilitat dels nadius. Cosa que no vol dir que els catalans estan acollint els immigrants amb els braços oberts, precisament. La seva actitud és més aviat la d'algú que, havent begut una ampolla de whisky sencera, no sap què fer quan li ofereixen un porro. Catalunya, al cap i a la fi, ja va tenir unes quantes onades d'immigrants, que van portar 1.190.000 persones de la resta de l'estat a Catalunya entre el 1961 i el 1970. Tota aquesta població, aleshores forastera, ja és considerada catalana i ara, després del trauma que el procés d'integració va representar tant per als immigrants castellanoparlants com per als catalans que ja hi eren, totes dues comunitats han format un tot inquiet que observa amb temor com els avions i els camions porten una nova onada de nouvinguts, aquesta vegada de països llunyans. Les preocupacions són dues: la possible destrucció de la convivència (i un augment de la delinqüència); i la desaparició definitiva de la cultura catalana.

Anem a pams. És una mostra de la idiotesa de la saviesa popular que un sector important de la població dóna per descomptat que hi ha més probabilitats que un estranger d'un país pobre sigui un delinqüent que qualsevol altra cosa. Molta gent que no coneix personalment cap immigrant del Tercer Món, imagina que cada vespre aquests fan rotllana en unes cuines greixoses, amb uns gots esquerdats plens de te barat a les mans, planificant el proper atracament amb somriures esdentegats, abans de sortir, en petits ramats, com les rates, els ulls brillants d'odi cap als valors occidentals, per tal de robar als ciutadans treballadors i ben dutxats de Barcelona o de Terrassa o de Riudoms. És cert que, com que no hi ha cap regla que diu que tots els immigrants han d'arribar al país d'acollida portats per unes ales angèliques, un cert percentatge mirarà de viure com pugui de la delinqüència, fins i tot si té possibilitats legals de sobreviure, però es tracta —cal dir-ho?— d'una minoria entre la població immigrant i també, per cert, d'una minoria entre la població delinqüent del país (dels 8.000 reclusos que hi havia a les presons catalanes a finals del 2004, un 31,6% eren estrangers, segons xifres del Departament de Justícia). A més, com sap perfectament qualsevol persona que hagi visitat una presó, o que hi hagi estat internada, la majoria dels delinqüents provenen de les classes socials més pobres, precisament aquelles en les quals els immigrants del Tercer Món es troben quan arriben. És sorprenent, de fet, que no hi hagi *més* delinqüents estrangers...

Pel que fa a la convivència, cal recordar que des de la nit del temps hi ha hagut gent que criden obscenitats al carrer, que fan xerinola fins ben entrada la matinada d'un dia feiner o que insisteixen a parlar en veu alta al llarg d'un espectacle. A Catalunya —i a Anglaterra— abans de la guerra, quan a penes hi havia immigració, d'aquesta gent se'n deia «xusma» (una xusma autòctona, s'entén); durant els anys seixanta i setanta, aquí, eren els «castellans» o bé «xarnegos» (recordo que un de Badalona m'explicava que en llocs públics els castellanoparlants eren —sempre— el doble de sorollosos que els catalans); i ara, són els «moros» i els «sudaques». És cert que he sentit —tots hem sentit— un munt d'anècdotes fidedignes que parlen d'immigrants que es comporten d'una manera desagradable (trepes de marroquins que insulten dones blanques a Salt, llatinoamericans que es neguen a abaixar la música a les tres de la matinada al barri de Sants, etcètera). Però aquests cabrons, com hem dit, sempre han estat amb nosaltres, d'una manera o una altra: són els eterns torracollons, presents en totes les èpoques de la història de la humanitat, i no se n'aniran mai, mai; podríem fer fora tots els sudaques i moros i paquis i filis del país, podríem tornar a blanquejar Catalunya, i encara hi hauria qui llencés burilles per la finestra del cotxe o es posés a xisclar com un boig quan surt de la discoteca. El problema és que, quan es dóna el cas que el torracollons és, per casualitat, un immigrant, ens cohibim, no volem ser mal interpretats, no volem semblar xenòfobs, i per tant callem. O sí que diem alguna cosa, i llavors són els mateixos immigrants torracollons que ens acusen de ser xenòfobs, i demostren, així, que són, en efecte, uns cabrons íntegres. A l'hora de defensar els nostres drets —dormir tranquil·lament a la nit és un dret, en aquest sentit— hem de ser estrictament daltònics, hem de recordar que la procedència del cabró en qüestió no té cap rellevància, i els immigrants, és clar, han de fer exactament el mateix: si es troben davant d'una colla de brètols blancs també han d'insistir en els seus drets, si s'hi atreveixen.

Hi ha, és clar, un altre factor que enterboleix la convivència, el mateix factor que va fer malbé tot el procés d'integració dels immigrants a Anglaterra: el racisme diguem-ne normalitzat, un racisme d'estar per casa, si es vol, però racisme, tanmateix. Mentre escric això —a finals d'octubre del 2004— els mitjans en van plens: uns veïns a Santa Coloma de Gramenet que han escridassat, durant hores, els usuaris d'una mesquita improvisada (els veïns tampoc no volen que n'hi hagi una d'oficial) o bé un expresident del país que ha denunciat una suposada tendència a donar pisos de protecció oficial a immigrants («moros», ha dit) i no pas a gent nascuda aquí («catalans» ha dit), una tendència que, si ens hem d'atendre a les xifres existents, només existeix en la imaginació de l'esmentat expresident. Si em remeto a l'experiència personal dels últims mesos em vénen al cap un taxista que em va assegurar que «*aquí* (Barcelona) *hay cada vez menos sangre española*»; uns verdulaires al barri de Sant Antoni que miraven malament qualsevol veí que comprés al colmado que havien obert uns paquistanesos (fins que ells també van començar a fer-hi alguna compra); o bé un article al diari que denunciava una pallissa regalada a un parell de paquistanesos al tren de Sabadell a Barcelona, per un munt de passatgers —adolescents catalans tots— que actuaven espontàniament, com si donar cops de peu a gent pacífica de pell fosca fos la cosa més normal del món. Aquest racisme mig acceptable per sectors importants de la població s'amaga com una molsa als intersticis i les escletxes de Catalunya, put i regalima, n'ensumem la ferum ara aquí ara allà, de vegades en els moments més inesperats, un tuf malèfic que fa que arrufem el nas i caminem una mica més de pressa.

Aquesta mena de racisme —si hem de fer cas del que ha passat a Anglaterra— té tendència a reduir-se (encara que sigui al cap de molts —massa— anys), i, per tant, a ser cada vegada menys acceptable, en la mesura que els immigrants comencen a ser vistos com una part normal del paisatge. Hi ha, però, com se sap, un altre tipus de racisme molt més intractable, el racisme polititzat, el racisme fundat conscientment en, i citem del *Diccionari de la llengua catalana*, la «doctrina que propugna la desigualtat de les races humanes (tot i que ja sabem que aquestes no existeixen de debò, hi afegiríem) i en virtut de la qual hom justifica el fet que certes races o cultures siguin sotmeses a explotació econòmica, a segregació social o àdhuc a la destrucció física» (i a atonyinaments a base de cops de bat de beisbol, hi afegiríem). Durant els meus vint anys a Barcelona he hagut d'aguantar la presència constant al carrer de joves d'entre quinze i trenta anys, que porten insígnies nazis o neofeixistes, que porten armes d'algun tipus, que tenen la capacitat analítica d'un orangutan, que no dubten a agredir i fins i tot assassinar qualsevol persona (transvestits, punks, okupes, independentistes, immigrants de pell fosca, etcètera) que no entri dins els seus paràmetres limitadíssims del que és socialment acceptable; és més, aquests joves gaudeixen sovint de la protecció d'alguns sectors de la policia i fins i tot d'una certa connivència per part dels mitjans de comunicació. He tingut amics hospitalitzats per aquests elements, altra gent coneguda meva m'han explicat com han estat agredits al metro per aquests elements, he llegit als diaris, setmana sí, setmana no, com ara ha tocat el rebre a alguna colla independentista en una festa major d'una comarca de l'interior, adés a algun africà, resident a Catalunya des de feia mitja vida, que seia tranquil·lament en una plaça barcelonina. Amb una impunitat gairebé total, aquests elements passegen pistoles i navalles davant dels nassos de la policia, i proclamen obertament que són els hereus del nazisme. Tot i que ser «nazi» ha estat, des de fa anys, el pitjor insult amb què es pot qualificar algú en el món de la política (per a l'expresident espanyol José María Aznar, per exemple, els independentistes bascos d'Herri Batasuna eren «nazis»; o bé en una entrevista en no recordo quin diari —*El Mundo*, segurament— un conegut director de teatre va qualificar el líder independentista català Josep-Lluís Carod-Rovira de «hitlerià», etcètera, etcètera, etcètera: n'apareixen exemples cada any, tant a Espanya com a la resta del món). Però, curiosament, a ningú se li acudeix qualificar els únics nazis autoconfessats del país —els grups i colles neofeixistes— de «nazis». Això, per alguna raó que costa d'entendre, no es fa. Si es fes —a escala oficial, em refereixo— això significaria que aquests grups serien perseguits i detinguts immediatament per les forces d'ordre públic, si més no gràcies a les lleis que prohibeixen la incitació a l'odi racial. D'altra banda, s'ha parlat molt del terrorisme a Espanya, i el terrorisme, fins a l'onze de març del 2004, només volia dir alguna cosa: l'organització armada Euskadi Ta Askatasuna i qualsevol persona que alguna vegada li hagués donat alguna mena de suport. La violència d'ETA és concentrada i més mortífera, d'acord, però la violència dels neonazis és molt més estesa i també mata de vegades. Els mitjans en un cas opten per la histèria generalitzada i en l'altre per un silenci sepulcral. Per què?

Tant de bo no sigui perquè entre un facinerós amb un exemplar de *Mein Kampf* a la butxaca i qualsevol polític espanyol (o català) centralista i uniformista gairebé no hi ha cap diferència respecte a la seva visió bàsica d'Espanya. Tant és així, que si s'organitzés un xat —anònim, com tots— i el neofeixista en qüestió (imaginem que es tracta d'un neofeixista amb un cert sentit del decòrum, que n'hi ha) se cenyís només a parlar d'Espanya —la seva unitat inevitable, els seus valors inqüestionables i coses per l'estil—, podria mantenir una conversa cibernètica perfectament amable amb l'actual ministre de Defensa, posem per cas (un tal José Bono, en el moment d'escriure això), o bé amb tot un reguitzell de presidents autonòmics, tant socialistes com conservadors, posem per cas, o bé, no cal ni dir-ho, amb tot de policies i militars en actiu, i tots tindrien relativament fàcil posar-se d'acord pel que fa a les qüestions essencials, tots trobarien que tenen moltes coses en comú. A l'hora d'avaluar la naturalesa dels independentistes bascos i catalans i gallecs, posem per cas, el general diria tal cosa i el ministre ho corroboraria amb tal afirmació i el neofeixista ho celebraria amb un OK contundent, tots estarien allà prement les tecles amb entusiasme, fent-se amics, mig marejats per tanta camaraderia, «quins senyors més simpàtics», pensarien els uns dels altres, mentre les paraules volarien per damunt de les pantalles respectives, teclejades per alguns participants vestits de vestit ministerial, alguns vestits d'uniforme, i un d'ells vestit d'esvàstiques i dobles esses...

Atès, doncs, que els neofeixistes gaudeixen, en efecte, d'un cert suport per part d'aquells que haurien d'estar desmobilitzant-los, què es pot fer? Bé, la resposta és prou senzilla. Com que, tal com estan les coses, tant un okupa com un independentista com un immigrant de pell fosca (o d'aspecte llatinoamericà) poden ser agredits en qualsevol moment per una colla neofeixista, la cosa més lògica és que els grups de víctimes en potència s'associïn com més aviat millor. A Anglaterra, als vuitanta, organitzacions comunistes i anarquistes com Red Action o Class War, respectivament, es van ajuntar amb grups d'immigrants per patrullar aquells barris que solien rebre l'atenció poc desitjada dels escamots neonazis. I els van fer fora. Vaig veure un incident semblant a la plaça Reial de Barcelona, a principis dels noranta: un grup de neofeixistes havia intentat començar una baralla en un bar habitualment utilitzat tant per independentistes com pels immigrants locals, els quals —ajudats per absolutament tothom que seia a les terrasses circumdants— van fer fora els neofeixistes no només del bar sinó de la mateixa plaça: aquests fugien cames ajudeu-me, visiblement esporuguits, i, que jo sàpiga, no hi han tornat mai més. Seria interessant veure una col·laboració generalitzada entre els immigrants i els independentistes i els okupes arreu del país i no només pel que fa a la necessitat de protegir-se dels neofeixistes, que, al cap a la fi, no són res més que un fenomen reduït, sinó sobretot respecte al que comportaria en termes de complicitats compartides, de possibilitats d'integració, d'amistats aparentment insòlites.

Cosa que ens porta al que sembla ser una de les grans precocupacions actuals de molts catalans: la possible amenaça que l'anomenada *nova immigració* representa per a la cultura i, sobretot, la llengua catalanes. La primera alarma oficial es va disparar l'any 2003, quan un informe tret d'un recent cens lingüístic va mostrar que només un 60% d'estrangers entenien el català, en comparació amb el 74% el 1996. A més, la xifra d'estrangers que sabien parlar el català s'havia reduït del 40% al 27% en el mateix període. A primera vista, aquestes xifres semblen indicar que les onades més recents d'immigrants no s'estan integrant, en el sentit que estan vivint al marge de la llengua encara majoritària del territori en què han decidit residir. Ara bé: les xifres diuen, com s'ha vist, que sis de cada deu estrangers sí que entenen el català. Ens falta una xifra que no surt al cens: quants de cada deu catalans s'adrecen per primera vegada en català, a aquests immigrants? Un de cada deu? No crec ni que arribi a mig català de cada deu. Ni un miserable fragment d'un català per parlar a aquests immigrants en llengua catalana. És pitjor, és conegudíssim entre aquells membres de la comunitat estrangera que estan fent esforços per parlar el català, que *fins i tot quan parlen ells primer en aquest idioma, se'ls contesta en castellà*. Quina mena d'imbecil·litat estranya és aquesta? La companya alemanya d'un amic meu, que es va traslladar a Barcelona el 2003 i que ha après el català amb una rapidesa impressionant —i que no té un aspecte especialment «estranger»— nota que, a les botigues, només cal que vacil·li un moment a l'hora de parlar en català i automàticament els botiguers li parlen en castellà. I si tens una pinta òbviament estrangera, ja te'l pots ben confitar, el teu català. Per exemple, l'Henriette, una senyora de la República Dominicana que viu a Vilafranca del Penedès i que va ser entrevistada pel diari *Avui* el juliol del 2003, afirma —i citem del reportatge— que «sovint, quan s'esforça per parlar en català a llocs públics, obté una resposta en castellà, "només perquè veuen que no sóc d'aquí"». I el cas de l'Henriette és semblant al de milers i milers i milers d'estrangers residents, que veuen com els seus intents de parlar el català són rebutjats pels mateixos catalanoparlants. Fins i tot l'escriptor Tom Sharpe, resident durant bona part de l'any a Llafranc, se n'ha queixat. Què ha passat als botiguers i bàrmans dels vuitanta, que mostraven tanta —de vegades massa— apreciació pels estrangers que parlàvem català? Ara som massa? Ara fem nosa? ¿És —tal com hem suggerit abans— que els catalans pensen que ens estan facilitant la comunicació (i la compra), tot contestant els nostres intents de parlar en català en un altre idioma? O bé pensen —també ho hem insinuat— que obligar el client a canviar d'idioma és ben educat? O bé, és l'herència del franquisme, l'anomenat *complex d'inferioritat lingüística*, que els trava la llengua quan es troben davant una persona de pell negra que parla l'idioma de Guillem d'Efak? Podria ser això? Podria ser que, després d'un quart de segle de tenir el català com a llengua cooficial, després d'haver vist els seus fills escolaritzar-se en català, després d'haver-se quedat a casa cada dilluns durant els primers anys del mil·lenni per veure la sèrie *Plats bruts*, encara pensen obsessivament en els anys de l'«*habla en cristiano*», com si el patiment del passat fos una mena d'excusa per la manca d'autoconfiança lingüística d'avui? O és que consideren que el català, en el fons, és una cosa sense importància que es pot parlar amb algun amic i algun familiar però que no val la pena compartir amb els estrangers, sota cap circumstància? I si no és cap d'aquestes coses, què collons és? Perquè amb aquesta actitud envers el català, no només estan matant la pròpia cultura a cops de matxet, encara seran capaços de culpar-ne els estrangers. De fet, ja ho estan fent.

Malgrat que tants catalans prefereixen comportar-se d'aquesta manera tan il·lògica, hi ha ni més ni menys que 65.000 estrangers que estan aprenent el català a l'hora d'escriure això, només als cursos organitzats pel Consorci per a la Normalització Lingüística de la Generalitat (no hi ha xifres disponibles per les acadèmies privades). La demanda de classes de català per a estrangers —sempre pel que fa a les classes del Consorci— augmenta un 12% cada any. (Un detall revelador: el 30% dels alumnes són llatinoamericans, i només un 5% són de la Unió Europea.) A més a més, el programa Voluntaris per la Llengua —que promou unes converses informals però regulars entre immigrants i catalanoparlants— ja ha organitzat unes 1.800 parelles lingüístiques. Es tracta d'una iniciativa que creiem modèlica, ja que treu el procés d'aprenentatge de les aules —sempre tan claustrofòbiques— i el posa al bell mig del carrer, on pertany, amb nadius de carn i ossos que poden, si volen, obrir la primera finestra social als immigrants, de manera que aquests, si volen, poden conèixer gent de fora dels seus cercles habituals, una gent que, sent del país, poden, si volen, llançar algun cable —algun consell o fins i tot alguna feina o una notícia d'algun pis barat— als immigrants. El procés d'integració és bàsicament això, com sé per experiència pròpia: l'immigrant ha de fer jocs malabars amb tres bitlles diferents —la llengua, l'allotjament i la feina— i com més gent del país conegui, més possibilitats té de sortir-se'n. I ja està. Cap misteri.

Els immigrants ben instal·lats, que hem après a llançar aquestes bitlles enlaire tan sovint que ara ho fem sense pensar, mirem les noves onades d'immigrants amb una barreja d'optimisme i llàstima. A alguns catalans els agrada dir que la seva sempre ha estat una terra d'acollida, una terra de pas, i coses per l'estil, però deixen d'afegir que els acollits han de pagar uns quants peatges abans de poder-s'hi assentar. Catalunya és un país complicat i espinós, i no hi ha ningú de fora que ara s'hi sent a casa que no es recordi dels primers anys difícils, però fa temps que nosaltres, els estrangers que ens considerem plenament integrats, vam arribar a la fi de les nostres particulars curses d'obstacles —els mateixos obstacles, més o menys, que els nouvinguts d'ara ja tenen per davant— i no és cap casualitat que siguem, gairebé sempre, immigrants que hàgim après el català (ja deia al començament del llibre que no deixaria el tema de la llengua en pau), i sabem, per tant, com n'és, d'important.

Ens trobem de tant en tant, nosaltres, barrejats com som entre amics i amants i esposos catalans; només en el meu cercle social, ben reduït, hi ha un italià, dos alemanys, una peruana, un palestí, tres irlandesos, tres anglesos, una australiana, quatre nord-americans, tres holandeses, un canadenc i una txeca, i quan ens trobem davant dels nostres amics, amants i esposos catalans tots fem servir el català; de fet, sovint quan ens trobem entre nosaltres, sense que hi hagi cap català a la vista, també fem anar el català, asseguts en un menjador mirant com la desaparació gradual del sol deixa els edificis de davant coberts d'un caramel fosc, o bé drets al carrer, havent-nos trobat per casualitat, sota l'ombra dels edificis grisos i grocs de la ciutat, sigui on sigui, enraonem en la llengua de complicitat que les circumstàncies ens han ensenyat, i ho fem sense pensar, com si ens haguéssim pres per uns catalans més, per uns dels nostres amics, amants o esposos catalans, per exemple, de manera que, de fet, ja no tenim cercles socials estrangers i cercles socials catalans, tot és una sola xarxa.

I la famosa cultura catalana, tan fràgil, tan malaltona, tan pàl·lida? Bé, aquest any (2004), una dona que es diu Laila Karrouch, nascuda en una zona berber del Marroc el 1977 i emigrada a Catalunya a l'edat de vuit anys, ha tret un llibre. És un llibre senzill però interessant —un llibre autobiogràfic— titulat *De Nador a Vic*. Ha guanyat un premi i s'ha venut força. El llibre està escrit en català, un dels cinc idiomes que Laila domina. Ara n'està preparant un altre, de manera que podem dir que Catalunya ja té la seva primera autora no nadiua en llengua catalana. Pocs mesos després es va donar la casualitat que una altra marroquina, Najat El Hachmi, de la mateixa generació que Karrouch, i també nascuda a Nador i resident a Vic, va publicar un altre llibre autobiogràfic en català: *Jo també sóc catalana.* Laila Karrouch i Najat El Hachmi, n'estic convençut, són només el començament. Després d'elles —i elles encara tenen tota una vida creativa per davant— vindran escriptors afrocatalans, paquistanesocatalans i etcètera, i alguns d'aquests escriptors, no ho dubto, seran de tanta qualitat com alguns dels millors escriptors actuals en català. O potser com alguns dels millors escriptors catalans de l'època moderna, per què no? I qui diu escriptors, diu actors, músics, pintors... Exactament com ha passat a Anglaterra i a molts altres països (recordem el cas d'Abdelkader Benali, nascut al Marroc i emigrat a Holanda, on s'ha consolidat com un dels escriptors més prestigiosos en llengua neerlandesa). I de la mateixa manera que els immigrants creatius contribuiran a la cultura catalana, els immigrants que, com tothom de més, fan la viu-viu sense sentir la necessitat de comunicar-se amb cap públic, també acabaran encastats en la societat catalana en general; començaran a formar part del paisatge, com la silueta del Canigó o la plaça Major de Vilanova i la Geltrú o el peix daurat del Port Olímpic.

Em sap greu haver de dir aquestes banalitats, em sap greu haver d'utilitzar un llenguatge desangelat que sembla una barreja del dels sermons i el del periodisme d'opinió per expressar el que no deixa de ser un reguitzell d'obvietats. Però tinc la sensació que, de vegades, vivim en un país —tot un continent, segurament— en el qual les supersticions i les fantasies, els horrors subconscients, tornen a fer venir picor entre els plecs dels cervells dels autòctons blancs, de manera que les neurones es disparen cap aquí i cap allà, com les espurnes d'una foguera, i que se sent una temptació de cremar-ho tot dins aquesta foguera —l'autoconfiança, l'autoestima i el sentit comú col·lectius— i així donar relleu a la foscor circumdant, que imaginem plena d'enemics malèfics que no volen res més que la nostra destrucció.

Un estranger —i encara més, un estranger de pell fosca— que arriba a un país dominat per aquesta mena de paranoia nacional difícilment aconseguirà sentir-se com a casa. Jo, que sóc blanc i que vaig arribar a Catalunya en un moment en què hi havia pocs immigrants i, per tant, poca paranoia, ho vaig tenir més fàcil. Tant, que fins i tot —segons el que em diuen, jo no ho veig tan clar— vaig poder aconseguir una miqueta d'èxit. O potser aquesta paraula hauria d'anar entre cometes: una miqueta d'«èxit», doncs.

Com convertir-se en un subfamós a Catalunya (I)

Tots venim del no-res, tots pul·lulem aquí i allà com tothom de més, tots fem coses sense solta ni volta, tots fem el ridícul, tots fem feines més o menys avorrides, tots tenim nòvios i nòvies que acabem rebutjant si ells no ens rebutgen a nosaltres primer i llavors tots ens rendim a uns atacs de plor que semblen inestroncables.

Tots, menys els que caminen protegits per l'aura de la fama, qualsevol mena de fama. Vagin on vagin, se saben observats per uns quants, si més no; saben que els seus noms es traslladen de boca en boca, xiuxiuejats, per uns quants, si més no, allà on passen; saben que, als ulls dels reconeixedors, no poden fer cap mal, que no se'ls pot imaginar plorant o fent el ridícul; són, no perfectes, exactament, però sí més intocables que la gent anònima que els envolta. Tant és així, que sembla que hagin nascut només per ser famosos, o fins i tot que hagin nascut famosos, directament: sembla que sigui impossible imaginar-los atrapats en l'anonimat, lliures de l'èxit peculiar que suposa la fama, considerada, en general, la millor forma d'èxit possible.

Quan vivia la meva vida caòtica i completament anònima, que és l'única vida que sento com a pròpia, la meva actitud envers la poca gent famosa que vaig arribar a clissar per casualitat —mai no hi va haver un contacte més profund, mai no va haver-hi ni un trist «hola» cridat a un famós d'una banda del carrer a l'altra— era una barreja de respecte i timidesa, d'una banda, i de desafiament i d'autoafirmació («en el fons jo sóc tan bo com tu»), de l'altra. Aquesta reacció, vaig descobrir després, és típica de molta gent. Quan veuen un famós, pensen, gairebé simultàniament, «mira, és ell» i «qui cony es pensa que és?». Es tracta d'una mescla d'admiració postissa i enveja malsana.

Durant els anys caòtics acabats d'esmentar, alguna vegada vaig rumiar sobre com devia ser, ser famós, ni que fos una mica, i sempre arribava a la conclusió que devia ser una cosa força repugnant, allò de passar tot el dia engavanyat per les mirades i les expectacions dels altres. Jo només volia una cosa, la mateixa cosa que havia volgut —amb algun lapsus, alguna crisi de fe— des dels catorze anys, és a dir, ser escriptor, tal qual, *ser escriptor*, i no només escriure, no, no veia cap obra mestra a l'horitzó, no m'interessava el concepte d'un bon llibre, mai no volia contribuir gens, de fet, a l'anomenada *literatura*; de fet, no creia en la literatura com a unitat, com un tot; només creia en la capacitat d'alguns escriptors de comunicar-se amb alguns lectors amb una eficàcia, amb una passió, amb una força que superava tots els altres mitjans de comunicació possibles; per tant, em semblava inevitable i lògic que cada escriptor afectés cada lector d'una manera diferent; parlar de la literatura, doncs, així, tota sencera, com si es tractés d'una mena de Legolàndia construïda al llarg dels segles, em semblava una absurditat, una impostura útil només per als estudiants i els crítics; no, només hi havia escriptors que havien trobat la seva manera peculiar de comunicar i el que jo volia, per tant, era ser un d'aquests escriptors, volia trobar una veu amb la qual podria parlar a alguns lectors, pocs potser, això no importava; no, no m'importava ser famós ni tan sols com a escriptor, al cap i a la fi, perquè fins i tot si arribes a ser famós just hi ha temps perquè la gent faci un crit d'admiració abans que els seus aplaudiments caiguin de cop en la foscor de la teva mort; no, jo només volia ser escriptor, però, això sí, un escriptor publicat, perquè un escriptor no publicat no és un escriptor del tot, de la mateixa manera, posem per cas, que un que es masturba davant del mirall no és un amant del tot.

Així mateix, a Londres, havia passat uns quants anys enviant material a un munt de revistes, editorials, agents literaris... Vaig provar revistes literàries, revistes pornogràfiques, revistes locals, revistes d'abast estatal, revistes prestigioses i revistes fetes per quatre aficionats, i l'única cosa que vaig aconseguir va ser una col·lecció impressionant de cartes de refús (amb les quals vaig empaperar la porta de la meva habitació, per tal d'acostumar-me, cada vegada que hi entrava, al fet que no tenia ni un sol lector).

En arribar a Barcelona, em vaig sentir més lluny que mai dels que encara considerava els meus lectors en potència (és a dir, alguns dels habitants de la Gran Bretanya). Durant uns quants anys, amb desesma i molt de tant en tant, vaig enviar algun conte a alguna revista, en va, evidentment; amb el temps, però, el meu país d'origen es difuminava en la meva imaginació, es tornava cada vegada menys real, i els lectors en potència que hi pogués haver, també. La meva vida de debò, la vida que em saltava a la vista cada dia que baixava al carrer, sota cels blaus i cels blancs, al costat d'edificis lletjos o edificis elegants, era la vida a Barcelona. Ja feia temps que havia deixat de comprar diaris anglesos, ja feia temps que gairebé no trucava a casa, ja feia temps que llegia més en català que en anglès. A més, tot i que encara escrivia, era més conscient que mai que no havia trobat ni la manera en què volia escriure ni sobre què volia escriure. Només m'empenyia la sensació —cega, constant— que tenia alguna cosa a dir que no em deixaria en pau fins que l'hagués dit.

Llavors, cinc anys després de la meva arribada a Barcelona, per pura casualitat, al bar que hi havia davant de casa, un vespre es va organitzar un acte literari: la inauguració d'una col·lecció de plaquetes o llibrets per part d'una petita editorial que no em sonava de res i que es deia Cafè Central. Normalment, evitava els actes literaris com si tinguessin la pesta, al cap i a la fi, ja ho he dit, no creia pas en «la literatura», m'hi sentia aliè, com un ateu que entra en una església per veure'n el sostre i es troba atrapat enmig d'uns fidels que hi celebren una missa. Ara bé, per anar a aquest acte de Cafè Central només havia de creuar el carrer, és a dir, fer un esforç mínim, i a més tot plegat tenia lloc en el meu bar habitual, de manera que sempre podia retirar-me a temps a la barra si l'acte en qüestió m'incomodava d'alguna manera. De manera que vaig traspassar el carrer, vaig entrar al bar i em vaig instal·lar entre el públic, un públic força nombrós, vaig notar, i vaig escoltar com els autors de les primeres plaquetes de la col·lecció —una francesa i un català— comentaven els textos respectius. Un cop acabades aquestes intervencions, va començar a parlar l'editor.

Jo mai no havia vist cap editor literari de carn i ossos. Els editors, per mi, eren unes cares llargues i sorrudes, però sense faccions, tanmateix, que s'amagaven a la penombra d'unes oficines mal il·luminades; unes cares que miraven les piles de manuscrits que tenien al davant amb una solemnitat despietada, i entre aquestes piles, és clar, hi havia els meus textos, rebutjats sense més ni més, durant un bon grapat d'anys. La meva actitud envers els editors, doncs, era més aviat la d'un criat adulador que en el fons odia l'amo. Volia caure'ls bé, però a la vegada els veia com una raça a part, una classe superior i inassequible, que em feia un cert fàstic. Si me'n trobés algun en un carreró fosc, em deia, no dubtaria a atonyinar-lo fins que grinyolés, abans de continuar pel meu camí, tan anònim com abans, tan inèdit com abans. I ara, per fi, tenia un d'aquests editors davant dels nassos.

La primera cosa que em va sorprendre és que aquest editor feia broma i reia i somreia cada dos per tres, d'una manera absolutament natural, de fet, semblava més aviat algú a qui t'agradaria trobar en una festa avorrida, pressentint que et salvarà de la grisor circumdant en la qual els altres convidats es rebolquen com uns hipopòtams envellits. Explicava en què consistia el seu projecte —la sèrie de plaquetes— i llavors va suggerir que tots, és a dir, el públic, els autors i ell mateix féssim una copa junts. Era un home afable i gens pretensiós, a anys llum de la meva imatge estereotipada dels editors. Es deia Antoni Clapés i no sé com però, al cap d'una estona, estava davant d'ell amb una copa a la mà mussitant alguna cosa sobre que jo també escrivia: precisament, vaig pensar, el tipus de cosa que tots els editors es deuen cansar d'haver d'escoltar, dia sí i dia també, però a Antoni Clapés no li semblava molestar el fet que jo escrivís, al contrari, vaig notar amb sorpresa al cap d'un moment, m'estava fent una proposta, la primera proposta literària que mai se m'havia fet, i aquesta proposta era que provés d'escriure alguna cosa en català —perquè ell no podia publicar un text en anglès, em va dir, ja que la majoria de la gent no l'entendria pas—, uns vuit folis, va dir, i ell hi faria un cop d'ull, i si li agradava la inclouria en aquesta sèrie de plaquetes que s'havia inaugurat feia un moment.

Naturalment, hauria d'haver començat a saltar com un posseït allà mateix. Però la meva reacció, instantània i irreflexiva —després d'haver donat les gràcies al Clapés—, va ser de rebuig a la idea, perquè ara que tenia una petita oportunitat, en el fons, em vaig adonar que no creia que fos prou bo per escriure alguna cosa que mereixés ser publicada en una plaqueta o en qualsevol altre lloc, i el fet és que els anys passats a Anglaterra acumulant cartes de refús m'havien convençut que realment realment mai no escriuria res publicable; tots aquells anys a Anglaterra havien estat com un joc —el joc d'enviar material i empaperar la porta amb les cartes de refús que generava— que ja havia deixat de fer gràcia, i el fet era que Anglaterra m'havia ensenyat que estava a un pam del fracàs definitiu, i el fracàs, em vaig adonar, com que el tenia tan a prop, era una llum encegadora, un sol ben fort, sota el qual camines amb els ulls mig tapats per la mà, fent passes en fals, poc segur de la direcció que has de prendre. Així, precisament, era la meva vida a Anglaterra, el país del fracàs, per a mi, el país en el qual és impossible publicar, el país que et mira per sobre l'espatlla, vagis on vagis, per xiuxiuejar-te a l'orella que *allà* no has aconseguit fer res de res; Anglaterra és com el gat negre que porta mala sort i que et travessa el camí en els moments menys esperats, i Anglaterra era el país que portava al cap a l'hora de tornar cap a casa i reflexionar, finalment, sobre l'oferta, inesperada i generosa, d'Antoni Clapés.

Escriure en català? Per què no? Al cap i a la fi, el català no portava l'estigma del fracàs, no pas per a mi, amb el català podia fer allò que em donava la gana, amb el català, a més a més, podia escriure tal com pensava i parlava, no havia de patir pels registres classistes tan encastats a l'anglès britànic i que tants maldecaps m'havien donat. Escriure en català? Per què no?

Al cap d'uns dies m'hi vaig posar. Vuit folis justos. Els vaig lliurar a l'Antoni. Un mes després, els va convertir en la plaqueta número tretze de Cafè Central, que va publicar en una edició limitada de noranta-nou exemplars. Se'n va fer la presentació, juntament amb les plaquetes de dos autors més, a la Fundació Joan Miró. L'auditori no estava ple, però hi havia prou gent perquè em tremolés la veu a l'hora de llegir un fragment del text, mig paralitzat com estava per l'estranyesa de sentir les meves paraules projectades cap als caps que esperaven amb paciència a les fileres fosques. Després, un cop vaig haver callat, em vaig adonar del fet que havia aconseguit, per fi, aquella cosa que havia percaçat en va durant anys: un públic. Quatre gats, potser, però un públic, tanmateix, que m'havia escoltat i que podia comprar la versió completa del text per un preu mòdic. Ara bé, no tot eren flors i violes: em sentia atrapat entre la sensació —això sí, més que agradable— que havia justificat la pròpia existència ni que fos durant uns minuts, i la certesa que al cap de poc deixaria de tenir aquesta sensació, atès el que jo considerava la poca qualitat del text. Des d'aleshores, la publicació de qualsevol narració sempre ha estat igual: un breu moment d'alegria pel fet d'haver-me comunicat amb un públic, seguit immediatament per la por que la comunicació no hagués estat prou eficaç.

Antoni Clapés va acabar convertint la seva editorial, Cafè Central, en una mena de moviment literari i social multicolor i sense carnets ni dogmes ni publicitat capciosa; gràcies a les reunions de Cafè Central, un perfecte desconegut com jo podia trobar-se fàcilment amb autors consagrats —i d'estils i generacions completament diferents— com ara Màrius Serra, Jordi Coca, Joaquim Carbó o Francesc Parcerisas, els quals podien, al seu torn, utilitzar l'aparador modest proporcionat per Antoni Clapés per publicar experiments i propostes d'obres que les editorials convencionals no veien gaire clars. Gràcies a Cafè Central —que se'm presenta ara com una gran festa organitzada en fascicles durant la primera meitat dels anys noranta, amb les seves reunions atapeïdes a bars que sempre semblaven massa petits i enxubats— vaig poder conèixer una gamma extraordinària de persones: el traductor de Joanot Martorell (i Mercè Rodoreda i Joan Sales) a l'anglès, David Rosenthal, que va morir de càncer pocs anys després, o la traductora de Georges Pérec al català, Annie Bats, o l'escultora de teixits Margarida Ximénez, o el poeta Víctor Sunyol, que més tard em va presentar el pintor Jordi Cano, amb qui vam fer un text per a una sèrie de gravats, jo i Annie Bats i el poeta canari José Carlos Cataño (també un autor de Cafè Central); o el pintor Benet Rossell o el poeta neodadaista Carles Hac Mor i la també poeta Esther Xargay, que junts van organitzar la Revista Parlada, una barreja eclèctica, energètica i extraordinària d'artistes de performance, instal·lacionistes, actors i, per descomptat!, poetes, amb qui vaig anar Catalunya amunt i Catalunya avall llegint fragments de la primera novel·la, encara inèdita, una novel·la que m'havia instat a escriure un altre autor de Cafè Central, Josep-Ramon Bach. No, les reunions de Cafè Central eren com una immensa rotonda urbana, hi podies entrar en qualsevol punt i sortir-ne per qualsevol banda, i jo ho feia tan sovint com podia, cosa que no vol dir que combregués, necessàriament, amb el que feien tots els participants, ni que ells ho fessin amb el que escrivia jo; però això no importava, el que importa era que tot plegat fos presidit per l'antidogmatisme bonhomiós d'Antoni Clapés i la seva parella d'aleshores, Isabel Casals, els quals van aconseguir que tota la gent esmentada suara, juntament amb escriptors tan diversos com Enric Sòria, Perejaume, Josep Piera, Ramon Lladó, Felícia Fuster, Nelly Schnaith, Jordi Arbonès, Jordi Domènech i unes quantes desenes més, es trobessin sense sentir la necessitat ni d'organitzar tertúlies —«aquelles coses horroroses», que en deia alguna vegada Quim Monzó— ni de formar capelletes.

Vist des d'un punt de vista purament egoista, Cafè Central va ser una oportunitat única per a un aspirant a escriptor. Tant de bo que hi hagués hagut un Antoni Clapés a Londres i tant de bo que hagués tingut la sort de conèixer-lo, potser a hores d'ara ja no veuria Londres com el lloc on vaig fracassar, com un mar immens de pedra, gris i impenetrable. Però no hi havia cap Antoni Clapés a Londres, que jo sabés, no hi havia ningú per demostrar que la pedra fos mal·leable. Encara bo, en tot cas, que el vaig trobar a Barcelona, perquè sense ell i el seu Cafè Central potser hauria marxat de Barcelona al cap d'uns anys de la mateixa manera que havia marxat de Londres, convençut que allà tampoc no era capaç de fer res més que no fos fracassar; potser m'hauria acabat apuntant per fi a la ruta dels fracassats, aquells joves i no tan joves que passen la seva vida viatjant d'un lloc a l'altre, des de Goa fins a Vancouver, sense rumb. Però, en fi, vaig tenir la sort de trobar Antoni Clapés a Barcelona, ell que no volia ser cap guru, ell que volia promoure l'ús de la paraula escrita d'una manera entre un pèl ingènua i totalment encertada. Res d'això no tenia res a veure amb la fama: per bé que alguns autors de Cafè Central fossin força coneguts, les reunions tenien lloc en el més estricte anonimat. A la premsa i als mitjans els interessaven poc, poquíssim, les activitats d'aquest moviment excepcional i això era, en part, el que va salvar Cafè Central, el que va evitar que es convertís en el portaveu d'una trepa literària o en un ornament mediàtic.

Jo, d'altra banda, aviat em convertiria, a poc a poc, en precisament això: un ornament mediàtic. No gaire cridaner, no gaire conegut, però un ornament, tanmateix. Ho vaig fer expressament, pensant que era l'única manera d'aconseguir que els meus llibres sobrevisquessin unes setmanes o uns mesos més del que haurien sobreviscut sense els primers auxilis dels mitjans de comunicació.

Tot va començar sis anys després de la presentació de la plaqueta a la Fundació Miró, quan el mateix Antoni Clapés va decidir publicar la meva primera novel·la, cosa que per a ell representava una inversió considerable de diners i mitjans. Val a dir que ell va prendre aquesta decisió després d'haver provat de col·locar la novel·la en una editorial convencional el nom de la qual no direm aquí perquè va ser com la núvia que mai no es va presentar a l'església, tot i que val la pena afegir que aquesta editorial, l'amo de la qual era un conegut de l'Antoni, no va dir que no a la novel·la, senzillament no va dir res, semblava incapaç de prendre qualsevol decisió i, per tant, l'Antoni va decidir publicar-la ell mateix. Amb el resultat que un dia —un dia ennuvolat— vaig anar cap al pis que l'Antoni compartia amb la Isabel i allà em van donar una bossa plena dels meus exemplars d'autor, una desena, una dotzena, una vintena, no me'n recordo bé, i en el moment que me'ls van donar la meva reacció va ser la que havia de ser l'habitual en el futur: una por considerable que el llibre no fos prou bo, que l'hauria d'haver reescrit com a mínim dos cops més, que els lectors me'l comentarien amb els ulls apartats tot mussitant alguna cosa com ara «força interessant», abans de dir, en veu alta, que, bé, que havien de fer un pensament. Malgrat això, sabia que, en teoria si més no, havia de celebrar la publicació d'aquesta primera novel·la, de manera que vaig entrar en un d'aquells bars que tenen pissarres i parets d'obra vista i cambrers que et criden «bon dia» tan bon punt creues el llindar, que hi ha al passeig de Gràcia, i vaig demanar una cervesa. No me'n va agradar el gust. No podia deixar de pensar en els llibres que estaven allà, al peu del tamboret, en una bossa de plàstic, com una bomba desactivada. Vaig acabar-me la cervesa amb tres o quatre glops llargs i vaig tornar a casa, i a casa vaig treure els llibres de la bossa i els vaig mirar.

I després de mirar-los durant un parell d'hores em vaig adonar que, per bé o per mal, aquests feixos de tinta i paper eren tot el que havia aconseguit al cap de gairebé quinze anys d'aprenentatge, al cap de no sé quants intents inútils de fer contes i novel·les, al cap d'haver escoltat no sé quants comentaris derogatoris o fins i tot insultants, al cap d'haver jugat al joc de l'autor rebutjat però coratjós amb la meva absurda porta coberta de cartes de refús a Londres: per fi, tenia un llibre meu a les mans. Tot seguit vaig pensar, no en el possible triomf que podria aconseguir amb aquest llibre, sinó en tots els obstacles que hauria de superar si volia que tingués una difusió mínimament eficaç. Aquella mateixa setmana, doncs, vaig trucar a bona part dels diaris i les emissores de ràdio de Barcelona i els vaig dir —descaradament— que era anglès i que havia publicat una novel·la en català, perquè em semblava l'únic ganxo possible per als periodistes, atès que ningú no havia llegit el llibre, encara. La primera entrevista va ser amb *El Periódico*. Vaig sortir a mitja pàgina amb el llibre a la mà, somrient com un beneit. Van seguir més entrevistes, tant a diaris nacionals com comarcals, i també a alguna de les emissores de ràdio, incloent-hi Catalunya Ràdio. Potser no era gaire cosa, en comparació amb la promoció que es fa d'un autor consagrat avui en dia, posem per cas, però jo mirava cada aparició del llibre als mitjans amb la satisfacció objectiva d'un cardiòleg que examina un pacient després d'una operació reeixida: cada menció del llibre, per petita que fos, era una garantia que aguantaria una mica més temps a les taules de novetats de les llibreries: un petit ajornament de la defunció inevitable.

Fins que, al cap d'un mes, em vaig adonar que hi havia alguna cosa que no rutllava. Tot i que durant unes setmanes havia tingut la impressió o, més ben dit, la il·lusió —entre ràdio i article i ressenya i presentació— que mig Catalunya havia sentit parlar de la meva novel·la, semblava que aquesta no havia arribat ni a una trentena part de les llibreries del país. L'Antoni havia buscat una distribuïdora que acceptava llibres d'editorials petites com la seva, i el nom de la qual —Distribuïdora dels Països Catalans— semblava ser tota una garantia que la meva obra estaria disponible de Salses a Guardamar i de Fraga a Maó. En realitat, però, als de la Distribuïdora dels Països Catalans, que tenien el magatzem molt a prop de casa meva, al barri de Sant Antoni de Barcelona, els feia cosa, si havia de jutjar per l'evidència, distribuir el llibre fins i tot a la llibreria de la cantonada (efectivament, van dir a la propietària d'aquesta que ella havia de recollir-ne els exemplars personalment del magatzem, si en volia). Vaig començar a inspeccionar les llibreries a diversos punts de Catalunya, Barcelona inclosa. A les comarques de Tarragona i Lleida, no hi havia arribat ni un sol exemplar del llibre. A moltes de les grans llibreries de Barcelona, tampoc. És a dir, ja m'havia convertit en una mena de minifigura mediàtica partint de la base d'un llibre que era gairebé inaconseguible.

Dic «minifigura mediàtica» perquè, gràcies a les entrevistes que havia fet amb motiu del llibre, estava aconseguint alguna feineta extra que no tenia res a veure amb aquest. Per exemple, el presentador Joan Bosch, que m'havia fet l'entrevista sobre el llibre a Catalunya Ràdio, em va fitxar per a una tertúlia d'estrangers catalanoparlants que ell presentava en aquesta emissora. Vaig fer la tertúlia esmentada durant uns quants mesos, seguida de petits guions per a espais radiofònics que jo mateix presentava. Continuava creient que cada feina d'aquestes era com una petita inversió en «els llibres» (que volia dir: el que ja havia publicat, i els que havien de venir). Per això persistia amb aquestes col·laboracions mediàtiques, malgrat el fet que moltes vegades em fotien molt nerviós.

Tal qual. Els presentadors més professionals als mitjans de comunicació són mestres del punt intermedi, no són mai ni massa forassenyats ni massa encarcarats, miren el micro amb una barreja d'apreciació i familiaritat, com si es tractés d'una coliflor a bon preu, riuen amb ganes però a la vegada com si algú els estigués controlant amb un cronòmetre, i mai mai mai no es permeten ni una gota d'histèria. En general, són algunes de les persones psíquicament més equilibrades que he conegut, molt més que segons quins altres professionals com ara els metges o els advocats, els psicòlegs o els periodistes de premsa escrita. I així és com hauria de ser, de fet, no podria ser d'altra manera, els presentadors als mitjans de comunicació han de ser lliures d'ànsies gratuïtes i pors injustificades, han de tenir unes intel·ligències netes com una patena i uns perfils psiquiàtrics tan plàcids com una bassa d'oli. I si no ets així, si no ets com ells, hauries de vigilar a l'hora d'entrar en un estudi.

Perquè si ets, al contrari, una persona d'aquelles —i són legió— que dubten del que diuen cada dos per tres i que sovint prefereixen no dir res de res perquè pensen que la seva opinió no val res, si ets d'aquelles persones que no poden dormir bé o sopar sense un profund sentit de depressió cada vegada que creuen que han dit alguna cosa verdaderament estúpida, tan estúpida que podria portar conseqüències, conseqüències imprevisibles com ara rialles sornegueres, com ara ganyotes de menyspreu; si ets una d'aquelles persones, doncs l'última cosa que hauries de fer és col·laborar als mitjans de comunicació. Ho vaig descobrir a la tertúlia de Joan Bosch, quan, de vegades, en fer algun comentari, tenia la sensació que l'havia encertat, i llavors havia de fer un esforç per suprimir una rialla histèrica que lluitava per sortir de la gola amb un esclat cridaner, però de vegades estava segur que havia dit una bajanada, una ximpleria, una cosa involuntàriament ofensiva, i llavors, en marxar de l'estudi i travessar la Diagonal i agafar l'autobús cap a casa el meu cervell s'enfonsava com un castell de sorra després d'un cop de peu precís, al mig, s'enfonsava, la suor em pessigollejava el clatell, el cor se m'accelerava, evitava els ulls dels altres passatgers, entrava a casa amb el cap cot i l'autoconfiança feta miques. I així vegada rere vegada, amb el pas del temps: sortia dels estudis de no sé quantes ràdios amb la cua entre les cames, evitant les mirades dels tècnics, després d'haver fet el que jo considerava una intervenció dolenta o mediocre o nècia. I això que feia esforços per pensar abans de parlar; i això que cap dels presentadors, començant pel mateix Joan Bosch, mai no feia res per desanimar-me, més aviat al contrari, em tractaven amb una afabilitat genuïna i despreocupada que a qualsevol persona raonablement estable l'hauria assossegat de seguida, però, què hi farem?

En alguna ocasió m'he preguntat a què es deu aquesta manca crònica d'autoconfiança. De vegades mirava els meus contertulians amb una mena d'estupor: com ho feien per asseverar tal o tal cosa amb tanta contundència? Quina peça, quina roda dentada tenien al cervell que feia que no dubtessin a l'hora d'expressar les seves opinions amb tanta fermesa? I per què no se m'havia instal·lat, aquesta peça? Hi ha moments en què desitjo tenir una conversa imaginària amb uns quants centenars de milers d'altres persones mancades d'autoconfiança, tots asseguts en un menjador enorme, tots mirant cap a terra, tots amb les mans que els tremolen una mica, tots dient «hola» nerviosament als veïns més propers, tots amb ganes de fumar però massa tímids per demanar als veïns més propers si els molestaria el fum, tots, sospito, conscients que hi havia algun forat en la seva infància o la seva adolescència en el qual van desaparèixer algunes paraules que mai no van arribar a escoltar, alguns gestos que no van arribar a veure (i la resta del món, els que caminaven amb el cap alt, sí); com explicar la seva debilitat, si no? Com justificar el fet que tots tenen l'equivalent mental d'un monyó que els fa coixejar com uns pirates estereotipats?

I això que només hem parlat de la ràdio. En comparació amb la televisió, ja te'n pots riure, de la ràdio. Hi vaig anar per primera vegada amb motiu de la publicació de la primera novel·la. El control d'accés de la Televisió de Catalunya és com el taulell de facturació d'un aeroport: hi deixes el DNI i et donen una targeta d'embarcament en forma d'un quadradet de plàstic que duu el teu nom i una hostessa vestida de vermell et porta a una mena de passadís estret amb seients de plàstic, que recorda una mica el buc d'un avió, i t'ofereix un cafè i una pasta que rebutges a l'acte. Llavors seus en un dels seients del plàstic, sol i desemparat, fins que el presentador treu el cap i et saluda, el presentador que viu allà fora, al plató, exposat constantment als ulls dels espectadors, a l'escrutini de les masses, al plató cap al qual et porten al cap de poc mentre tremoles, sense paracaigudes, sentint l'aire fred de l'estudi que t'envolta, sentint que has començat a entrar en una llarga caiguda lliure ara que les càmeres s'han girat cap a tu, tu que seus allà rígid, petrificat, mentre el presentador alça un exemplar del teu llibre i comença a fer-te alguna pregunta, mentre l'adrenalina se't dispara, mentre el cap, afectat per l'acceleració de la sang, et belluga d'un costat a l'altre com si tingués fred i al final, acabada la intervenció, quan ja t'han dit adéu i estàs sortint de l'edifici, un entrevistat més entre les desenes d'entrevistats d'aquella setmana, xuclat i escopit en un cluc d'ull, intentes convèncer-te que ha valgut la pena escurçar la teva vida per un dia o dos perquè així unes quantes persones més hauran sentit parlar del teu llibre, que has aconseguit uns dies més de vida per al teu primer intent de comunicació, però no entens per què et sents utilitzat, per què et sents com una burilla llençada.

Sembla mentida que amb això no en tingués prou, però no, jo continuava pensant que havia de fer tot el que pogués per als meus llibres, i això em va portar —i ho explicaré ben breument i amb això acabem aquest capítol— a flirtejar matusserament amb la fama.

Segurament mai no ho hauria acabat fent si no hagués estat per un cop de sort inesperat: el 1998, el guionista Piti Español va pensar en mi per a un nou col·lectiu d'escriptors, organitzat per ell. Em va trucar i em va explicar que el grup —que es deia Germans Miranda— estava preparant un recull de contes eròtics. «Tens una setmana», em va dir, «per escriure'n un, i com més guarro sigui, millor.» Dic que va ser un cop de sort perquè en aquells moments estava oferint el meu segon llibre —un llibre de contes— a diverses editorials i cap no hi mostrava gaire interès. Poder publicar amb els Miranda —ni que es tractés tan sols d'un conte— em va proporcionar un nou punt de contacte amb el públic. En fi, explico tot això perquè entre els Germans Miranda no hi havia només narradors, dramaturgs, guionistes i periodistes, tots de renom, sinó també dues o tres persones que eren *realment* famosos, allò que els anglesos en diuen *household names*, és a dir, «noms que se senten en totes les llars». Hi havia per exemple, Toni Soler i Albert Om, que en aquella època feien un programa de televisió satíric immensament popular. Hi havia, també, el cap de guions de la productora El Terrat, Xavier Cassadó, conegut arreu per les seves intervencions al programa d'humor del presentador més famós de tots —si més no aleshores—, Andreu Buenafuente. I quan dic *realment* famosos sé de què estic parlant. Per començar, quan els vaig conèixer per primera vegada, vaig sentir a l'acte aquella barreja d'admiració tímida i de desafiament ocult que havia sentit alguna vegada a Londres en clissar Mick Jagger o Marianne Faithfull o, més endavant, Ian Dury, per exemple (sempre, ja ho he dit, des de l'altra banda del carrer, sempre sense dir-los ni un trist hola). Tampoc no m'atrevia a parlar-los, a aquests catalans realment famosos, no sabia què dir-los, els veia llunyans, intocables, tot i que estaven a frec i que sabien com em deia, tot i que, com a Germans Miranda, tots ens trobàvem en el mateix ball, igualats pels nostres contes, tot i això, jo els mirava estranyat, com un fan més, per bé que fos vagament conscient que ells no em consideraven a mi com a tal, que ja no era un *outsider*, que, en certa manera, ni que fos per molt poc, ja estava «dins».

Més endavant, al dia de Sant Jordi, mentre tots caminàvem de parada en parada per signar exemplars del llibre, em va tocar acompanyar Toni Soler durant un tros del camí. Al cap de ben poc, em vaig adonar que per on ell passava, s'anaven escampant uns brots de rialles incontrolables, i en mirar enrere vaig veure que el Toni havia deixat tot de petits remolins de noies adolescents al seu deixant, que saltaven amunt i avall i xisclaven «És el Toni Soler! És el Toni Soler!». Així és la fama dels *realment* famosos. Em sap greu que, en aquella època, mai no vaig aprendre a tractar aquests famosos de debò amb la mateixa naturalitat que tractava la resta de la gent, mai no vaig aconseguir superar la petita barrera que considerava que hi havia entre ells i jo, la barrera de l'estatus, i això és una de les malediccions de la gent, avui i abans, l'estatus, la creença que hi ha gent superior per la raó que sigui, la creença que tots som poca cosa davant d'algú; tots som ionquis de l'estatus, tots encaixem primer la mà del benaventurat i la donem l'últim a qui percebem com a desgraciat; tots portem xarreteres i medalles, tots portem galons, tots sabem reconèixer les diferents graduacions, i és especialment fàcil reconèixer les graduacions que indiquen que una persona és famosa.

Per resumir, l'any després de la publicació del primer llibre dels Miranda, Xavier Cassadó em va convidar a les oficines del Terrat per conèixer l'Andreu Buenafuente i oferir-me una feina com a guionista i presentador d'un miniespai al nou programa del mateix Buenafuente, que s'havia d'emetre en directe quatre nits la setmana durant una primera temporada d'uns tres mesos. Jo sabia perfectament, és clar, que aquesta feina no acabaria ajudant els meus llibres, que no havien de sortir al programa per res, però sí que tenia alguna cosa a veure amb l'escriptura en si, l'escriptura de guions, en aquest cas, i a més, estava afalagat que la productora creativa de més èxit de Catalunya em volgués; o bé, jo què sé, potser no sé del tot per què vaig dir que sí, potser per curiositat per veure com seria, treballar per a la televisió; potser encara pensava que, com a escriptor, era capaç de tocar totes les tecles, tal com imaginava que un escriptor de debò havia de saber fer (ara, em sembla inconcebible, ara que em sento tan limitat que amb prou feines sé escriure petits textos autobiogràfics com aquest).

Desafortunadament, les coses no van anar prou bé. No parlaré gaire dels matins que em llevava amb una barreja de depressió i impotència i agafava el metro fins a Cornellà i un taxi des de Cornellà fins a TV3 (em pagaven bé), on caminava cap a la barraca prefabricada que havien muntat en una esplanada asfaltada i seia tot sol llegint els diaris fins que els altres arribaven al cap de poc i el Xavier ens deia què havíem de fer aquell dia, i jo sempre havia de fer poca cosa perquè no havia trigat a descobrir la meva ineptitud com a escriptor de gags. De fet, amb els meus quaranta anys fets, em sentia com una mena de senyor gran envoltat de gent molt més jove i molt més enginyosa i molt més engrescada que jo, que coneixien perfectament tota la cultura popular de l'època mentre jo amb prou feines mirava la tele; els suggeriments i les bromes i els acudits no deixaven de volar de taula en taula mentre els seus inventors, entre rialla i rialla, fumaven cigarret rere cigarret i jo m'asseia amb els braços plegats, fent veure que em concentrava en la pantalla, pitjant la barra de l'espai de tant en tant alhora que lluitava per controlar les llàgrimes causades pel fum que omplia cada racó d'aquella cabina tancada. Malgrat el fet que aviat va quedar ben clar que el meu sentit de l'humor (si és que en tenia, ja no n'estava tan segur) no encaixava en absolut amb el dels altres guionistes —com vaig arribar a odiar aquella expressió «donem-li la volta», com a fórmula per escriure uns gags bons, jo que era incapaç de donar la volta ni a una truita—, el Xavier i els altres em tractaven amb tacte i respecte i mai no feien res per recalcar la meva inutilitat òbvia.

Només hi havia una cosa amb la qual em sentia mínimament còmode, i aquest era el miniespai setmanal de vint minuts per al qual no només feia el guió sinó que també el presentava. Per començar, en podia controlar més o menys tots els factors, des del mateix guió fins a la roba que portava i la manera en què parlava. Sortia, aproximadament, a les dues de la matinada cada dimecres, de manera que em veia relativament poca gent. Malgrat això, els nervis em començaven a pujar com escuma de cava acabat de servir unes tres o quatre hores abans que hagués de sortir per fer aquest espai, que no era res més que una roda dentada més en l'engranatge del programa en general, tots els actors del qual semblaven saber combinar la improvisació amb una certa fidelitat al guió mestre confegit diàriament pel Xavier i el seu equip, cosa que mai no em deixava de sorprendre; els actors sortien cantant cançons les lletres de les quals havien après mitja hora abans, canviaven de personatge constantment, entraven i sortien de la sala d'espera ara vestits de pollastres ara vestits d'antropòlegs, i entre els uns i els altres feien que el programa rutllés nit rere nit, hora rere hora: un remolí d'adrenalina i veus impostades i roba bigarrada interromput de tant en tant per l'actuació de, o entrevista amb, algun famós o algun cantant o algun còmic (que sempre esperaven en una altra sala d'espera, envoltats de canapès i cerveses i coca-coles), tot vigilat pels ulls atents dels membres de l'equip de producció i del regidor, que asseguraven que tot anés més o menys com una seda. Vegada rere vegada mirava com els actors del programa sortien cap a la zona il·luminada del plató i feien el que havien de fer davant un públic de carn i ossos a més del públic invisible que els sotjava a través de les pupil·les opaques de les càmeres, fins que, un cop la setmana em tocava a mi, l'escriptor llargament rebutjat, sortir del racó de la sala d'espera on seia amb la cara encarcarada de por i l'estómac degudament buidat (afortunadament, els lavabos a TV3 són excel·lents), sí, m'aixecava, cada dimecres a les dues de la matinada, i esperava dret mentre em posaven el micro, i llavors m'esmunyia cap al petit espai que hi havia darrere l'entrada al plató, vigilant que no m'entrebanqués amb els cables que estaven pertot arreu, i esperava un parell de moments —durant els quals el cor es reduïa a la mida d'una col de Brussel·les i feia mans i mànigues per pujar per la gola i ejacular-se de la boca— perquè l'Andreu Buenafuente digués el meu nom i llavors jo sortia al plató, m'asseia a la taula des d'on ell presentava el programa, clavava els ulls al teleprompter i em posava a llegir el text que havia passat bona part de la setmana escrivint, sense saltar-me'n ni una coma.

Tot i que el meu miniespai sortia tard, em va mig canviar la vida durant tres mesos, en què vaig assaborir, ni que fos una mica, el gust de serradures de la fama, no pas una fama d'abast reduït pel fet d'haver escrit algun llibre, posem per cas, sinó la fama ras i curt, la fama que et proporciona el mer fet de sortir a la televisió. No gaire fama, és cert, més aviat les engrunes de la fama que envoltava tot el que feia l'Andreu Buenafuente i el seu equip, però una mena de fama, tanmateix. Durant tres mesos, al carrer, en alguna festa, a l'autobús, rebia tota mena de reaccions, des de l'home que se'm va posar al davant a un pam del nas i em va dir, d'una manera força amenaçadora, «a tu et conec», fins a la gent que em mirava fixament durant uns segons abans d'apartar els ulls d'una revolada. Allà on anés, sempre hi havia la possibilitat que algú em reconegués o em saludés o em desitgés sort o, de vegades, fins i tot, si aquest algú era un bàrman, em regalava una copa, si era el propietari d'un restaurant, em feia saltar de la cua, i així successivament.

He dit «el gust de serradures de la fama» però més que serradures es tractava d'una mena de mató pastós i insuls que mastegava amb una autocomplaença cada vegada més estúpida. Em vaig adonar que no m'importava, que fins i tot m'agradava força que em saludessin pel carrer, que em miressin furtivament, tal com jo havia fet durant tants anys amb els pocs famosos que m'havien creuat el camí. De fet, aquesta atenció era com una mena de prozac administrat a través de l'aire, que em provocava una immunitat irreflexiva a l'esmentada manca habitual d'autoconfiança. Feia servir cada cap de setmana com un període de descompressió durant el qual, protegit darrere un mur suau d'alcohol, anava a prendre snacks i tapes a segons quines terrasses de Barcelona, amb les ulleres de sol posades, surant en un jacuzzi fantasmal fet de les mirades dels altres; amb cada cap de setmana que passava em convertia en una figura més babaua, més lliure de contingut, i cada dilluns, és clar, havia de tornar a la realitat, és a dir, a la barraca dels guionistes, on em sentia cada vegada més gran entre els joves plens fins a vessar d'idees idònies per al programa mentre jo seia davant d'una pantalla en blanc fent veure que pensava.

No cal dir que, fora del meu miniespai i les poques contribucions que feia als guions mestres, no estava escrivint absolutament res. De manera que no hi havia cap base de debò per a la meva sobtada arremesa d'autoconfiança i que, un cop acabat el programa, la meva fama, tan aparentment reconfortant, va desaparèixer com el rosari de l'aurora i em va deixar sol amb la meva novel·la publicada feia quatre anys i el segon llibre, aquell recull de contes que ningú no volia publicar. Com era d'esperar, els del programa no em van tornar a contractar. Fins i tot avui, però, agraeixo l'amabilitat —tremenda— de tots amb els qui vaig treballar durant aquells tres mesos. Si hagués estat treballant per a la televisió britànica, dubto molt que se m'hagués tractat tan bé, en una situació semblant. D'altra banda, havia tingut el meu primer tast de com és ser un subfamós —un subsubsubsubfamós, de fet— a Catalunya. Engrunes de mató a la llengua...

Aquesta història —la de com ser un subfamós a Catalunya, vull dir— no acaba aquí, però. Per tant, n'haurem de reprendre el fil més endavant. Mentrestant, d'altra banda, poc després d'haver plegat de la televisió, va tocar viure el canvi del mil·lenni.

Interludi mil·lenari

La primera temporada del programa va acabar poc abans del canvi de segle i el canvi de mil·lenni i hem de donar una certa importància, dic jo, al calendari, el calendari que ens proporciona els mesos que ens porten la primera guspira de fred a l'hivern o el primer bany tebi d'aire escalfat a l'estiu —quan sembla que s'hagi instal·lat calefacció central al carrer— o bé els dies que ens despertem mig engrescats mig enfonsats pel traspàs d'un altre any o bé els dies rituals que ens fan pensar en alguns dels dies rituals dels anys anteriors. Va tocar el canvi de segle, el canvi de mil·lenni, i tots estàvem bé, gràcies a Déu, la mare encara tenia una salut de ferro i estàvem en un poble de la costa del Garraf i vaig sortir al balcó i el sol d'hivern havia convertit el mar en un full d'alumini arrugat i al costat del mar —fent de yin al seu yang segons el vell símbol ja desfasat—, la platja s'estirava plena de gent abrigada que es mantenien drets, quiets com maniquins, i també hi havia gent que passejaven al llarg del passeig marítim, un degoteig de jaquetes de color marró, de bufandes verdes, de texans foscos, d'ulleres de sol, i darrere tota aquesta gent hi havia una església, entre groga i blanca, encastada damunt un aflorament de la roca, i sobre tota aquesta gent el sol emanava més llum que calor, una llum clàssica, grega si es vol, una llum que recordava algun elm, algun escut rodó, una llum que no només il·luminava aquesta platja i aquest mar sinó també la platja i el mar que hi havia a l'altre costat de l'església i totes les platges i tots els mars de la costa sencera, una llum com la llum radioactiva de les pel·lícules atòmiques dels cinquanta, una llum terminal i gloriosa. La mare mussitava alguna cosa que no vaig sentir mentre posava un bol d'olives a la taula del balcó i jo sabia que aviat estaria fent el primer glop de cervesa, el primer tast d'ordi i llúpol i bombolla i anticipava aquest tast com si ja tingués el got als llavis mentre mirava la gent immòbil a la platja i els passejants del passeig, amb aquest gust anticipat a la boca mirava la vista, el canvi de segle, el canvi de mil·lenni, i les paraules «ho hem aconseguit» em van aparèixer a la ment com quatre fumades que flotaven al buit un moment abans d'esfumar-se, reemplaçades per més fumades absolutament iguals, un xic més grans, més ampul·loses, HO HEM ACONSEGUIT i hi havia gent que no ho havien aconseguit, per exemple hi havia el pare i alguns amics i alguns coneguts que no havien aconseguit veure el sol del primer dia del segle, el primer dia del mil·lenni, però nosaltres sí, érem allà, jo i la mare i la companya i la gent de la platja i la gent del passeig i la gent invisible darrere les finestres dels blocs de pisos que donaven al passeig, fetes opaques per la llum. Era un dia pacífic, un dia lliure de crims amb la gent escampada com una munió de crancs, sense molestar-se els uns als altres sota la complicitat de la resplendor; un moment de felicitat, un instant de joia sentit mentre mirava tota aquella gent que compartien el primer dia del nou segle, el nou mil·lenni, aquella gent lleugera com un full de diari, aquella gent que semblaven estar a punt de fondre's en l'aire, com si només haguessin de viure aquest moment, lliures del passat i del futur, sense ni maletes ni bitllets d'anada, assolellats, despreocupats, acomodats.

Es tractava d'un moment de pau, lluny dels miols feroços i de la saliva escopida dels religiosos —dels religiosos de totes les religions— i dels defensors de la sang pura, lluny de les esvàstiques pintades de l'estació, un moment de pau, una pausa, lluny de la llosa de la història, en aquell racó del món, en aquell tros d'ungla que era la platja i el passeig, en aquell lloc, tou com un núvol, on m'havia tocat viure el canvi de segle, el canvi de mil·lenni. SITGES?!

Petit incís a propòsit de res sobre els catalans castellanoparlants

Aquest capítol es podia haver inserit a qualsevol lloc del llibre però l'inserim ara perquè no volem esperar fins al final i col·locar els castellanoparlants a les últimes pàgines, com si fossin una mena de colofó, perquè no són cap colofó, evidentment, són una part indestriable de la Catalunya que ens ha tocat viure, són el cinquanta per cent dels nostres anys a Catalunya; és més, són un element essencial de tot plegat, en el sentit que hi ha tants factors que depenen d'ells i només d'ells.

Tinc tres records lletjos pel que fa al comportament dels catalans catalanoparlants envers els catalans castellanoparlants. El primer el tinc de segona mà: és la descripció que Francesc Candel fa d'una escena que va testimoniar al metro de Barcelona i que surt al seu llibre del 1967 *Els altres catalans*; es tracta d'una dona catalana —de classe treballadora, si ho recordo bé— que increpa una nouvinguda del sud, dient-li allò de (i dic «allò de» perquè es veu que era una frase força comuna a l'època) «has vingut aquí per menjar el pa dels catalans». Lleig. El segon record és dels anys setanta durant una excursió amb uns amics catalans a un poble remot de no recordo quina comarca; caminàvem pels carrers pintorescos, gaudint de l'ambient tranquil, quan de cop i volta vam topar amb un parell de paletes, que estaven construint una casa nova; es cridaven en castellà; un del meu grup va dir una cosa com ara «hòstia, fins i tot aquí han penetrat els castellans». Doblement lleig. El tercer record pertany més aviat a una amiga meva, que em va explicar fa poc com, als anys seixanta, la seva germana estava molt ficada en la política clandestina, concretament en la del Partit Socialista d'Alliberament Nacional, si no m'equivoco, i de tant en tant mig persuadia, mig obligava la meva amiga a anar a les reunions que els representants locals d'aquesta organització feien al poble; en una d'aquestes reunions, es parlava de què passaria després de la mort de Franco i un d'aquests representants va dir una cosa com ara: «després de la mort de Franco haurem de repatriar tots els andalusos que han vingut aquí». Triplement lleig. Val a dir que es tracta de tres exemples trets del passat franquista o de la primera transició i que, per tant, pertanyen a èpoques gens normals, quan hi havia molta tensió i molt ressentiment i molta frustració, per part dels catalans nadius. Des que visc aquí, és a dir des del 1984, no he tornat a sentir o a veure més exemples semblants. Però aquests tres exemples no deixen de ser interessants, en el sentit que reflecteixen el punt de vista d'alguns —potser de molts— catalans autòctons davant l'allau de nouvinguts de la resta de l'estat que van venir a Catalunya al llarg dels cinquanta i els seixanta i els setanta.

Clarament, veien aquests castellans —per anomenar-los d'alguna manera— com una intrusió, una màcula, una mosca a la sopa saludable i homogènia i nostrada que era la seva Catalunya. Per confirmar-ho, hi ha el testimoni de molts castellanoparlants d'aquella època —i, un cop més, em remeto a les coses que se m'han explicat personalment— que asseguren haver-se sentit rebutjats per la població nadiua i que recorden molt bé que aleshores se'ls qualificava despectivament com a *xarnegos* (per cert, l'última vegada que vaig sentir aquesta paraula, que en algun moment dels anys vuitanta va caure en el pou dels mots catalans políticament incorrectíssims, va ser en boca d'una nena castellanoparlant que jugava amb uns amics ídem en un descampat en una zona industrial de Badalona: enfadada amb un dels nens, un marrec de sis anys, li va xisclar «*¡charnego, eres un charnego!*» com si fos el pitjor insult possible). En general, la impressió que es té si es parla amb els castellanoparlants de la meva edat o més grans, és que el procés d'integració a Catalunya va ser lent i dur.

Ara bé, si alguns catalanoparlants no sempre s'han comportat com uns sants, per dir-ho suaument, amb els seus veïns castellanoparlants, aquests —alguns d'aquests— tampoc no són lliures de tot pecat. Un cop més, em limito a situacions que he viscut o que se m'han comentat. Per començar, fins i tot ara, continua havent-hi nuclis de catalans castellanoparlants que rebutgen frontalment qualsevol mostra del que ells perceben com a catalanitat, començant per la llengua; a més, tendeixen a traslladar aquest rebuig als seus fills (d'aquí neix, en part, el fenomen *quillo* en la seva forma més reaccionària: nens sorruts amb pentinats de soldats dels anys quaranta, toros a la màniga de l'anorac i flamenc barat als auriculars, que són capaços d'insistir que els parlis en cristià si ets adult i d'atonyinar-te directament si ets de la seva edat i et senten parlant en català). He conegut, també, una dona de Terrassa el marit de la qual li va prohibir directament parlar en català amb els seus fills. He conegut una dona extremenya afincada a Barcelona que va començar a fer cursos de català fins que li ho va prohibir el seu marit, també extremeny. I etcètera. No dic que aquests casos representin la majoria, però tampoc, pel que sembla, són casos aïllats.

Dit això, ja n'hi ha prou, potser, de parlar de «catalanoparlants» i de «castellanoparlants» com si fossin tribus diferents i separades per uns tabús infranquejables (un punt de vista, per cert, encara compartit per molts estrangers que viuen a Catalunya, que fins i tot parlen d'«espanyols» i «catalans» per diferenciar aquestes dues suposades comunitats); al cap i a la fi, al cap de tantes dècades és difícil decidir qui és qui, després de tants matrimonis bilingües, tanta immersió lingüística escolar, tants programes presentats per Buenafuente. El 1991, el 94% de la població entenia el català, el 68% el sabia parlar i llegir i el 40% el sabia escriure. El 1996 tots aquests percentatges havien augmentat, sobretot el nombre de parlants, que havia pujat fins al 77% i, si hem de creure els senyors curiosos del Centro de Investigaciones Sociológicas —que, per cert, tracten el català, el mallorquí i el valencià com si fossin llengües diferents— el nombre de persones que saben llegir en català, a Catalunya, havia pujat fins al 85%.

Per què, si aquest és el cas, se sent tant —però *tant*— castellà al carrer, sobretot a les zones urbanes? Què fot tota aquesta gent trencant la dolça uniformitat catalanesca de fa tan sols vuitanta o noranta anys, quan al carrer no es parlava sinó en la llengua de Serafí Pitarra? La resposta és prou lògica si mirem unes quantes xifres més, també del CIS: només el 45% dels catalans catalanoparlants van aprendre aquest idioma a la llar, mentre que el 20% el va aprendre «*en la calle, vecindario*» —cosa que diu molt per la salut del català a comarques, diria jo— i un 18% més el va aprendre a l'escola o a la universitat, al qual hem d'afegir el 6% que el va aprendre «*con los amigos*» (fora del carrer, se suposa), i el 2% que el va aprendre dels mitjans de comunicació. O sigui, una majoria —46%— dels catalanoparlants són de famílies castellanoparlants. (Havent dit això, és interessant que un informe del 2003 del govern català indica que gairebé el 49% de la població considera que el català és la seva llengua pròpia, tot i que només el 40% el té com a llengua familiar, cosa que suggereix que una part minoritària però important dels castellanoparlants que també saben català l'han «adoptat» i l'han convertit en la seva llengua principal.)

Bé, com ja he dit, conec força anglesos i nord-americans que viuen aquí i que també dominen perfectament el català. Però quan ens trobem només nosaltres, per molt que siguem a Catalunya i per molt que ens agradi ser-hi, ens parlem en anglès, per la raó òbvia que tots dos sabem que l'anglès és el nostre idioma matern —i, per tant, l'idioma amb el qual ens expressem amb més facilitat— i el català, no. De la mateixa manera, quan un castellanoparlant es troba amb un altre castellanoparlant, per bé que tots dos sàpiguen perfectament el català, s'adreçaran, segurament, en castellà. Com es vol que facin una altra cosa? Em sap greu, un cop més, comentar una obvietat, però conec gent que els estranya, que els castellanoparlants es comportin així. L'única diferència entre aquests i jo és que d'angloparlants, a Catalunya, n'hi ha relativament pocs, i de castellanoparlants, n'hi ha per poblar un petit país de l'Europa de l'Est. Això en si mateix és suficient per explicar per què se sent tant castellà al carrer, sense que calgui que mencionem el fet que, a més, el castellà és una de les llengües oficials de Catalunya, sense que tinguem en compte, també, la pressió mediàtica del castellà o el castellanisme impertorbable del govern central, o un munt d'altres factors.

Una vegada vaig conèixer un taxista que solia jugar un petit joc amb aquells clients que li deien «bon dia» quan pujaven al vehicle: els parlava sistemàticament en castellà durant els dos primers intercanvis de frases i si encara no havien canviat d'idioma, llavors, al tercer, ho feia ell i els parlava en català. M'ho va explicar amb un petit somriure entre entremaliat i alegre, com si li fes gràcia posar els catalanoparlants a prova. Evidentment, que li parlessin en català no el molestava, més aviat al contrari. De fet, en el fons, el seu joc a part, tant se li'n fotia en quin idioma se li parlés. I la seva actitud, crec, és la de la vasta majoria dels castellanoparlants, siguin bilingües o no. Pot ser com un xoc per a molts catalanoparlants, sentir-ho, això, perquè ells mai no s'han donat l'oportunitat de descobrir-ho per experiència pròpia. Però jo, en canvi, sí, perquè pertanyo a aquella minoria minúscula que creu que Catalunya és un país bilingüe de debò, és a dir, un país on pots fer el que et dóna la gana, lingüísticament parlant, on pots parlar català tot el sant dia si vols, o castellà tot el sant dia, és clar, i que no hi ha ningú que tingui el dret de fer-te canviar d'idioma a menys que formi part d'aquell 4% de la població catalana que actualment diu que no entén el català (tots professors d'anglès, segurament). És més, com que vaig aprendre el castellà tard i malament, i el parlo traduint mentalment del català, prefereixo —ja que, a més, visc en l'únic racó del planeta on es pot parlar català— utilitzar aquest idioma. Després de dues dècades —20 anys, 240 mesos, 7.120 dies, 170.880 hores— de fer això gairebé sempre, majoritàriament a Barcelona, no he tingut cap problema, *cap ni un*, si exceptuem alguna conversa incòmoda amb la policia. És a dir, qualsevol persona que vol «viure en català» —que diuen els militants de la llengua— *ja ho pot fer*. Ara bé, si hem de jutjar pel comportament lingüístic de la majoria dels catalans, hem de concloure que no ho volen fer, que no volen «viure en català», al contrari, sembla més aviat que volen viure en un estat d'ambiguïtat lingüística perpètua, a punt de canviar d'idioma en qualsevol moment per si de cas se'ls qualifica de mal educats o de nacionalistes o de vés a saber què més. En tot cas, els culpables d'aquesta situació, en general, no són pas els castellanoparlants, la majoria dels quals ni s'immuten si els parles en català, i bona part dels quals són capaços de contestar-te en català i tot, si volen.

Com convertir-se en un subfamós a Catalunya (i II)

Ja havíem dit que la història encetada dos capítols enrere, la de ser un subfamós català, no havia acabat i, en efecte, n'hi ha una segona part, una continuació.

Poc després d'haver deixat la meva feina com a presentador d'un miniespai i guionista al programa d'El Terrat, la petita quota de fama que m'havien aconseguit les breus sortides aterridores a la televisió anava esvanint-se amb el pas dels mesos fins que em vaig convertir —als ulls d'aquells ocells nocturns que m'havien vist alguna vegada— en un record borrós, el vestigi d'una cara parlant.

Cap a principis de l'any 2000, feliçment tornat a l'anonimat, vaig fer una petita excursió de cap de setmana al poble del Figaró. La idea era caminar cap a una muntanya (em sembla que és una muntanya) que es deia i es diu Tagamanent. Com em sol passar en aquestes ocasions no vaig trobar Tagamanent ni res que s'hi assemblés; al contrari, vaig acabar perdent-me pels afores del poble fins que me'n vaig cansar i vaig tornar al centre, on vaig menjar una amanida en una terrassa. Mentre caminava pels afores se'm va ocórrer que coneixia Catalunya realment molt poc; en parlava molt, la defensava davant dels guiris «anti», en llegia la història i la literatura, però hi havia zones senceres de Catalunya que no havia trepitjat mai. Ni tan sols no coneixia bé el mateix Figaró, tan a prop de Barcelona que era. I tot seguit —amb un flaix mental i una acceleració sobtada del cor— vaig tenir la idea de fer servir la Catalunya desconeguda com a estímul per fer un altre llibre, un llibre ràpid, un llibre escrit sobre la marxa; faria un viatge pel Principat i aquest viatge em serviria d'excusa per veure quines paraules sortirien de l'ordinador portàtil que portaria amb mi; així de senzill.

El viatge va durar trenta dies i no cal que n'expliqui gaire cosa més, atès que el llibre que vaig escriure durant aquests trenta dies va sortir el mateix any 2000. N'estava i n'estic content, per bé que ara veig que hi ha alguna frase fora de lloc, algun comentari massa precipitat o faceciós, a causa, segurament, de l'extrema rapidesa amb què el text base es va redactar (per bé que havia provat de reescriure'l al llarg dels mesos següents). Dedicat a un amic que va morir ben jove i que encara recordo sovint, la cara del qual encara veig de tant en tant al metro o al carrer abans d'adonar-me que es tracta d'una altra persona, el llibre es va vendre força bé durant un parell d'anys. El considero un llibre més, és clar, amb tant de valor —o manca de valor— com els llibres que el precedien i fins i tot alguns dels que l'han seguit. Però, en el moment de tenir la idea d'escriure'l, no havia comptat amb un factor força important: la fascinació que els catalans senten per llibres fets per estrangers sobre Catalunya, una fascinació comprensible, d'altra banda, atès que aquests llibres es poden comptar amb els dits d'una mà —o d'una mà i mitja, si hem de ser precisos. Sabia, és clar, que hi havia hagut algun èxit anterior en aquest sentit: els assajos de Til Stegmann i Ko Tazawa, per exemple, que es deien *Catalunya vista per un alemany* i *Catalunya vista per un japonès*, respectivament. Ara mateix (novembre de 2004), s'acaba de reeditar *Catalonia Infelix*, el llibre sobre aquest país que el catedràtic anglès E. Allison Peers, expert en Ramon Llull, va escriure als anys trenta. Als anys trenta! Realment, els catalans deuen tenir moltes ganes de llegir coses escrites per estrangers sobre ells mateixos si es reediten llibres d'aquest tipus de fa setanta anys. Ara bé, jo no volia que el meu *fast book* fos un llibre «sobre» Catalunya, més aviat volia fer un relat autobiogràfic d'un viatge de trenta dies, en aquest cas, i el viatge, això sí, tenia lloc a Catalunya i, per tant, inevitablement, en parlaria, d'aquest país, però només des del punt de vista més subjectiu imaginable («Catalunya vista per *mi»)* i així, com ja he dit, esperava desfer-me, ni que fos una mica, de l'obsessió per Catalunya, esperava treure'm Catalunya del cap, si més no durant un temps.

No volem vendre, diem molts escriptors, no volem vendre sinó escriure coses de qualitat, i així quan els nostres llibres tornen al magatzem al cap d'un mes i mig escàs a les taules de les novetats, provem d'acontentarnos amb un somriure fatalista i quatre ressenyes curosament retallades. Però quan els nostres llibres sí que es venen, per molt que continuem dient que les vendes no tenen importància, els nostres cors s'omplen d'una satisfacció callada i els nostres cervells es posen en efervescència, l'efervescència d'un cava irresistible fet de l'atenció concentrada de milers i milers d'ulls de lectors; en el meu cas, quan sabia que el meu llibre sobre el viatge per Catalunya es venia bé, se'm va omplir el mateix sentit de felicitat idiota que havia experimentat quan sortia a la tele. Durant un parell de mesos, caminava hipnotitzat pel propi èxit, d'entrevista en entrevista, l'autoconfiança engreixada artificialment pels micròfons, sense entendre res de res del que estava passant realment i el que estava passant realment era que els mitjans de comunicació m'havien adoptat i m'estaven preparant per fer el paper que m'havien assignat, que era i potser encara és el paper de guiri catalanoparlant i més o menys simpàtic, amb qui sempre poden comptar per a una opinió sobre Catalunya, o, sobretot, sobre Anglaterra, país amb el qual havia trencat gairebé totes les relacions fins al punt que, allà, només estava en contacte amb la mare, quatre cosins i un amic. Aquesta atenció per part dels mitjans volia dir que molta gent em va començar a encasellar com un «escriptor mediàtic» —per bé que de segona fila— i el fet que el llibre s'estava venent força va fer que al costat de l'adjectiu «mediàtic» s'hi afegís el de «comercial». Heus-me allà, somrient com un tonto, convençut que les vendes m'havien convertit, per fi, en un autor seriós, completament inconscient que, al contrari, m'estaven convertint en una mena d'estereotip i que en el futur la gran majoria de lectors en potència no voldria que escrivís sinó més llibres sobre Catalunya —com ara aquest d'ara— i no pas uns llibres sobre altres temes, com un escriptor català més, que és més o menys com em veia a mi mateix.

En tot cas, però, a qui collons li importen les meves preocupacions per la pròpia imatge i els meus planys d'autor mal entès? El món espera fora de la meva habitació, amb els seus vents furiosos i els seus mars melancòlics, amb els seus milions d'històries amagades en caus tancats amb pany i els seus prats plens de brins d'herba flexibles. No cal que expliqui més coses, no cal que em queixi més; de fet, tot plegat m'ha anat molt bé a Catalunya —fins ara—, tot plegat ha estat més del que hauria pogut esperar, només hi ha aquesta sensació estranya que tinc de tant en tant de no ser acceptat sinó com una excepció, com una raresa, com un mico que acaba de pelar una taronja, i tot, bàsicament, perquè una vegada vaig fer un llibre sobre un viatge per Catalunya.

(En el moment d'escriure, m'acaben de dir que hi ha la possibilitat que acabi fent un programa de televisió sobre alguns aspectes de Catalunya: un projecte en el qual em vaig implicar fa temps, sense pensar gaire en les implicacions. Ara, pel que es veu, és ben possible que es tiri endavant, aquest projecte. Sóc jo mateix, potser, que m'estic convertint en un estereotip, tot solet?)

I amb això acabo aquesta història de la subfama. Encara ara, molt de tant en tant, algú m'atura pel carrer i em pregunta si em dic com em dic, i com sempre, com un autòmat, m'oblido de les meves cabòries habituals (la sensació de ser un fracassat, etcètera), em poso dret, somric, li dic que sí, que em dic com em dic, tot seguit faig una petita referència, i espero el comentari, i val a dir que aquests comentaris són gairebé sempre amables, però que molt pocs tenen a veure amb el que escric: n'hi ha que em feliciten pel meu català (que parlo amb errors i amb accent, al contrari de molts altres estrangers que conec), o bé em diuen que m'han sentit a la ràdio, o que m'han vist a la tele, com si això tingués algun mèrit en si mateix; i només molt de tant en tant em parlen dels llibres, i llavors sé que si més no en aquests casos he aconseguit el contacte desitjat durant tants anys, l'únic contacte que importa, la comunicació —«comunió», en diu Martin Amis— amb altres de la meva espècie a un nivell que supera el de la conversa, el de la llengua parlada o el de la llengua del cos. Per això encara hi creiem, en la paraula escrita, per això hi persistim: si no ens veiem amb cor d'escriure novel·les —i molt em temo que a hores d'ara no me n'hi veig— escrivim el que podem, fins i tot un poti-poti com aquest llibre de no-ficció, qualsevol cosa per provar d'establir contacte, l'únic contacte que realment ens importa.

Ja he dit que, al principi, pensava que podria fer servir els mitjans de comunicació per ajudar els llibres, per posar-los en contacte amb la gent, per no deixar-los desaparèixer en un petit remolí de desinterès, però em fa l'efecte que a hores d'ara aquesta estratègia no ha funcionat bé, que m'ha sortit el tret per la culata, que els llibres —si no són sobre Catalunya— estan condemnats a l'oblit, passi el que passi, siguin com siguin. El passat n'és ple, d'autors oblidats permanentment, la trajectòria literària dels quals jeu dos metres sota terra sense ni una llosa per marcar-ne el lloc, la seva única recompensa quatre o cinc o sis moments d'aquella satisfacció que van tenir en vida quan els primers exemplars dels seus llibres els van arribar per correu i van poder-ne mirar la portada i el títol i el seu nom, aquests llibres que els fills heretaran a contracor, sense saber-ne què fer amb tants lloms que omplen els prestatges innecessàriament.

«Estàs fent el teu camí», un personatge del món literari em va dir l'altre dia, com si jo fos una mena de cargol alfabetitzat, un d'aquells creadors poc sorprenents però sòlids que van creant una reputació modesta al llarg dels anys, i jo mai no he volgut aquest tipus de mort en vida, al contrari, amb cada llibre he volgut sorprendre per dir-ho així, fins i tot amb l'únic llibre que he escrit que va ser un encàrrec, sempre he volgut que els llibres espeteguessin, o que deixessin anar si més no alguna espurna, que es mostressin vius, com si, ni que fos per un moment, el lector pogués veure-hi alguna cosa que hi bellugava, com un peix clissat de cop mentre passa com una fletxa just a sota de la superfície de l'aigua. Volia que les paraules agafessin el lector pel braç i que el portessin urgentment cap aquí i cap allà, ensenyant-li ara una cosa ara una altra, arrossegant-lo endavant abans que s'hi pugui acostumar, a cap d'aquestes coses, fins que al final del llibre l'abandonessin de cop i el deixessin sense alè però refrescat, alleugerit, intoxicat, si pot ser, esbalaït, si pot ser, astorat i atònit i corprès, si pot ser: qualsevol cosa menys indiferent, no canviat, il·lès.

Això és el que volia i això és el que vull. La gent —tota la gent, jo inclòs— somia desperta i solem tenir somnis banals, sense cap porta de sortida, cap escletxa il·luminada: són somnis automàtics, com els arguments de tantes pel·lícules. Vivim envoltats de *déjà vu*, omnipresent com paper d'empaperar. Volia i vull, senzillament, trencar aquesta sensació d'haver-ho vist tot, trencar-ho ben trencat, fins i tot amb aquest llibre sobre vint anys a Catalunya, el país dels discursos repetits en bucle, el país en el qual sembla que tot s'hagi dit.

Que no vol dir que sigui un país on no es diuen coses noves (per sorprenent que pugui semblar a alguns) i des d'aquí, ara mateix, de manera gratuïta i sense que vingui gaire a tomb, voldria treure'm el barret a tall de salutació a tots aquells autors que, actualment, estan convertint el món de l'escriptura en llengua catalana en una gamma de creacions bigarrades, vives, sinceres, divertides, *sorprenents;* en conec alguns, d'aquests autors, i alguns no, però voldria celebrar-los a tots els que he llegit amb plaer, celebrar tot el que estan fent, tot el que estan produint, tot el que ens estan oferint, tots els seus guions, tots els seus contes, totes les seves novel·les i assajos, tots els seus poemes i obres de teatre i autobiografies i cançons i textos inclassificables. De vegades em pregunto si el públic catalanollegint en potència (85% de la població del Principat, segons els del CIS, recordem-ho) és plenament conscient de la quantitat de coses escrites disponibles, i no és que recomanaria tot el que es fa en català, no, no vull dir això, Déu ens n'empari, quin horror, si hi ha llaunes terribles en aquest idioma —com en tots els altres—, només vull dir que la sèrie de possibilitats és molt més àmplia del que sospito que la gent sospita, que sembla que sigui més fàcil trobar segons quins llibres nord-americans o britànics o espanyols o catalans-en-llengua-castellana que no pas llibres en català, com si aquests no fossin llibres de debò sinó simulacres de llibres, com si la gent —o molta gent, si més no— tingués la idea que pel sol fet de ser en català no podrien tenir l'impacte que tenen llibres escrits en altres idiomes, com si l'actitud de molta gent envers el català fos la d'aquella vella de Provença envers l'occità, que no podia creure que el·magnetòfon de l'antropòleg fos capaç de gravar les paraules que ella li anava dient en aquest idioma.

No obstant això, com ja hem vist, Catalunya té tot un esquadró de creadors treballant l'idioma de mil maneres diferents. Llegeixo aquests productes amb la sensació que he aconseguit un accés privilegiat a un món tan fascinant i mutable com qualsevol altre, però, això sí, en bona part desconegut en els mons que predominen en el món actual, en els mons francòfons i anglòfons i hispanòfons, per exemple; per tant, també és cert que llegeixo i escolto aquests productes amb la frustració d'algú que menja sol i a qui li agradaria compartir l'àpat amb algun amic. Durant uns quants anys, de fet, vaig escriure al meu únic amic britànic sobre el que es feia aquí, però aviat em vaig cansar d'haver de fer resums interminables i descripcions minucioses —perquè gairebé no hi ha ni un puto llibre català traduït a l'anglès— i ara ell entén que jo gaudeixo del meu accés exclusiu al món catalanòfon i que jo en faig el que em sembli bé, però que ell n'està exclòs, completament exclòs.

Havent dit això, ara sí que sap —perquè li ho he deixat ben clar— que els escriptors en català, al contrari de les idees estereotípiques que molts estrangers i forasters tenen dels seus productes (sense haver-los llegit), aquests no són, en absolut, les excrescències d'una cultura provinciana o regional, no són pas assajos antropològics o llargs planys nacionalistes disfressats d'obres de la imaginació. És cert que, de vegades, si els abelleix, els escriptors fan servir Catalunya o d'altres territoris de parla catalana com un ingredient més en els seus llibres, com un rerefons, un context ambiental, per exemple, més o menys tal com fa qualsevol escriptor, si vol, amb el propi país.

I aquesta, precisament, és una de les raons per què molts llibres catalans tenen dificultats a l'hora d'accedir al mercat internacional: perquè els escriptors catalans fan servir Catalunya com a fons, com a marc natural per a la seva ficció i poesia; però a la resta del planeta, ja ho hem dit, la gent no té referències d'un lloc que es diu Catalunya, no sap que existeix. *Connais pas.* O si n'ha sentit parlar, no hi creu perquè sospita que és una mena d'invent nacionalista, un ens artificial (per exemple, *Wikipedia*, una de les enciclopèdies en anglès més consultades a Internet, afirma que «... els catalans *volen fer veure* que formen una nació diferent de Castella...»).

Aquest problema és més greu del que pot semblar a primera vista perquè ha fet que des que visc a Catalunya hi hagi un dubte permanent en l'ambient, un immens signe d'interrogació que plana per damunt el territori del Principat: Catalunya realment és més que una regió espanyola qualsevol? I en el cas que sí, *què és*, exactament? Ja hem vist que la majoria dels forasters —tant els estrangers com els espanyols— donen per descomptat que Catalunya no pertany pas a cap categoria especial.

Però fins i tot els mateixos catalans no semblen tenir-ho gens clar. És més, per cada català, sembla que hi hagi una versió diferent de Catalunya. Jo mateix he tingut els meus dubtes sobre la naturalesa real d'aquest país (província? nació?). Per tal d'acabar d'una vegada per sempre amb aquesta ambivalència, vaig decidir aprofitar la redacció d'aquest llibre per fer una mica d'investigació personal, començant amb la lectura, per primer cop, dels textos fundacionals del catalanisme modern, de tots els inventors, com si diguéssim, de la Catalunya no regional. Tot seguit, doncs, ve una reflexió sobre la naturalesa de Catalunya que jo —pobre de mi— volia definitiva.

Catalunya és una invenció?

Per als per qui Catalunya ha estat una gran endevinalla durant tots els anys que hi hem viscut, llegir els pares del catalanisme polític —de mares, no n'hi ha, aparentment— ens dóna la mateixa sensació d'alleujament que els neuròtics i els depressius troben quan llegeixen llibres de psiquiatria: és a dir, la sensació de trobar possibles solucions per a la seva confusió aparentment crònica. Als llibres d'Almirall, de Rovira i Virgili i de Prat de la Riba, entre d'altres, tenim, en blanc i negre, unes respostes possibles a totes les preguntes que ens hem fet any rere any; així mateix, descobrim que molt abans de nosaltres —mentre als Estats Units es començava a comercialitzar la Coca-Cola i Bram Stoker escrivia *Dràcula*— ja hi havia uns senyors que es trencaven la closca rumiant sobre l'estatus polític de Catalunya, i això reconforta, d'alguna manera, en part perquè desmenteix tota aquella gent que pensa que això de demanar drets polítics per a Catalunya és un invent recent de quatre oportunistes que volen aprofitar-se de la nova època democràtica.

Al contrari, des de fa més d'un segle s'han publicat un munt de llibres sobre la condició política de Catalunya (alguns editats a l'estranger o bé a deshora a causa de la censura espanyola) dels quals, aconsellats pels amics coneixedors del tema, n'hem seleccionat exactament sis. Cinc són clàssics ja consagrats —és a dir, han tingut una influència perdurable i reconeguda sobre sectors considerables de la població catalana— i el sisè és una curiositat de la seva època (1918), però una curiositat interessant i representativa d'unes tendències que encara ens afecten.

Tres d'aquestes obres fan servir la història com a prova de l'existència de Catalunya, i per tant les tractarem primer, en un sol bloc. Ja se sap, arreu del planeta sempre hi ha hagut gent que han intentat sistematitzar el caos sens fi, líquid, del passat, per afaiçonar unes escultures congelades en la forma que més els hagi abellit, i els catalans no en són cap excepció; al contrari, acusats de ser una regió espanyola (o francesa) com qualsevol altra, durant molt de temps els catalans s'han defensat tot recorrent a la història, com un advocat que allarga la mà cap al document definitiu que absoldrà el seu client d'una vegada per sempre. És a dir, han sucumbit —com hem sucumbit tots en algun moment o altre— a la gran temptació de dir «érem, per tant, som» o bé, «som com som perquè érem com érem» o bé «tal com érem, tal som». La seva història, per a molts catalans, ha estat i és alhora un motiu d'orgull i una explicació del seu tarannà actual i una justificació de les seves aspiracions per al futur. Però la qüestió, és clar, és: quina història? Perquè aquests tres llibres que acabem de llegir són tan diferents com la nit i el dia, per bé que, en teoria, tracten el mateix tema.

I aquí hauré de respirar fondo, hauré de comptar fins a vint i hauré de resistir la temptació d'obrir la finestra i llançar el primer d'aquests tres llibres cap a la galeria ampla de color de mortadel·la mig caducada de la meva illa de l'Eixample perquè fa temps que no pateixo tant amb un llibre, fa temps que un llibre no em redueix a aquella barreja de gemecs de dolor mental alternats amb petites rialles histèriques que denota una certa tensió psicològica. Em refereixo a un dels llibres més delirants que mai s'ha escrit en la història de la literatura catalana i possiblement universal, em refereixo al llibre dens, obsessiu i monstrusoament tendenciós que és *La tradició catalana*, de Josep Torras i Bages, escrit el 1892 quan aquest senyor, intueixo, devia haver consumit, voluntàriament o inconscientment, una quantitat considerable del fong anomenat *ergot* en anglès i sègol banyut en català, gairebé l'únic al·lucinogen disponible per als catalans d'aquells temps. Res més no pot explicar l'extravagància d'algunes de les seves declaracions, que no han impedit que *La tradició catalana* hagi tingut una influència important sobre molts catalans conservadors fins als nostres dies.

Si ho he entès bé, per a Torras i Bages, Catalunya —si més no des del segle XIII fins a la Renaixença, que ell va viure en la pròpia carn— és la creació gairebé personal de l'orde dels dominicans, els anomenats Frares Predicadors, que van començar a establir les seves comunitats al Pirineu juntament amb la seva versió peculiar de la Inquisició (amb sant Ramon de Penyafort al capdavant) cap a mitjan segle XIII; gràcies a l'«energia racional» d'aquests monjos (Torras i Bages *dixit)*, reforçada a través dels segles pel pensament de sant Tomàs d'Aquino (1225-1274), Catalunya es va convertir en la Catalunya de debò, la Catalunya genuïna i irreductible, l'única Catalunya que val la pena, la que Torras i Bages defensa aferissadament durant quatre-centes pàgines densíssimes. Al llarg del llibre, els catalans de renom, que o bé eren dominicans o bé hi coincidien, són els bons de la història, els homes que van forjar la suposada tradició a la qual el títol del llibre es refereix, mentre que tots els altres, des dels heretges i jueus medievals fins als polítics democràtics del segle XIX, són els dolents, els que sempre han anat contra el que l'autor en diu la «unitat de pensament» catalana. Ja és prou difícil creure que tota una nació, amb els seus pagesos i fadristerns i menestrals i marxants i industrials i artistes i escriptors i bandolers i pocavergonyes i genis i escombriaires i sabaters i comares podria ser el resultat de quatre religiosos que feien la viu-viu en un grapat de monestirs, però Torras i Bages també ens vol fer creure coses encara més inversemblants. Per exemple, no sap ben bé què fer amb la croada contra els heretges albigesos —una croada amb el suport dels dominicans— que va acabar amb la pèrdua definitiva de més de la meitat dels territoris controlats pels reis catalans, després de la batalla de Muret (1213). Torras i Bages, visiblement molest, senzillament treu importància a aquesta desfeta immensa, com si no hagués passat res. I què pot fer amb Ramon Llull, que no era dominicà sinó franciscà? Amb una condescendència mal disfressada, Torras i Bages li perdona les desviacions místiques amb un lleuger cop al canell i elogia el seu geni, declarant-lo una mena d'excepció honorable a la tradició catalana ben entesa. Quan arriba a sant Vicenç Ferrer, Torras i Bages gairebé perd el control i ejacula, a batzegades, un doll extraordinari d'elogis hiperbòlics. Aquest predicador és qualificat com «el verb de Catalunya, el català d'influència més viva en el moviment general de la civilització». El fet que Vicenç Ferrer s'hagués autoadjudicat la missió d'eliminar els jueus de la península (les seves prèdiques a Castella van portar directament als pogroms del 1391 en els quals milers de jueus van ser assassinats), no té cap importància per a Torras i Bages: el sant era dominicà i predicava sempre en català; per tant, li dedica més de trenta pàgines i acaba descrivint aquest Goebbels medieval com «un bell representant de l'esperit català».

Ara bé, darrere tot aquest castell de focs d'arrel escolàstica que Torras i Bages ha llançat cap a la nit de la fi del segle XIX, un segle infectat per les «sectes comunistes i nihilistes», segons ell, s'hi amaguen uns sentiments ben senzills, gairebé primitius, que sostenen tot el llibre, per bé que aquest pretengui ser una disquisició elegant sobre la filosofia catalana. És a dir, darrere les seves anàlisis meticuloses de l'obra i la influència d'un reguitzell de catalans il·lustres, de Jaume I el Conqueridor a Joan Lluís Vives hi ha, parlant clar, un capellà rural amb uns esquemes mentals més propis, posem per cas, d'un pagès reaccionari del segle XVIII que no pas d'un home culte a qui li falten quatre anys per veure el començament del segle XX. Per a Torras i Bages, per exemple, la paraula *democràcia* no té res a veure amb unes eleccions lliures, ni, fins i tot, amb la llibertat d'expressió, sinó amb una curiosa concepció pseudomedieval de la societat segons la qual la base d'absolutament tota l'organització social és la família. En un fragment, descriu amb delectació un cas que correspon perfectament al seu ideal en aquest sentit: una masia «en una important encontrada de Catalunya», en la qual tots els habitants, des de l'amo fins a l'últim femater, pertanyen a la mateixa estirp. I no és un cas aïllat, afegeix, perquè a Catalunya fins i tot hi ha pobles sencers que no són res més que «una extensió de la família». Per damunt d'aquesta mena de societat si fa no fa incestuosa, és clar, hi ha l'església, l'església catalana i tomística que Torras i Bages tant estima, universal i localista a la vegada, segons ell, i que serveix com a garantia de la continuïtat del seu idil·li rural i familiar. Pel que fa a la política pròpiament dita, Torras i Bages defensa el que ell en diu «regionalisme», que sembla significar, per a ell, una mena de quietisme localista —a anys llum del federalisme i ja no diguem de l'independentisme— segons el qual els catalans haurien de retre un homenatge gairebé feudal als poders fàctics espanyols a canvi de ser deixats en una pau relativa.

Darrere de tot això, ja ho hem dit, hi ha un home d'unes idees més aviat primàries. Se li comença a veure una mica el llautó quan critica fortament la tendència dels catalans de la seva època a posar noms estrangers als seus fills; a cantar únicament cançons castellanes («els formosos i honestíssims cants catalans són oblidats»); i a assistir massivament a les corrides de toros. Lamenta que es perdin les tradicions populars catalanes, com ara «les solemnes festes majors... en què totes les classes socials prenien part, rics i pobres, des del greu clericat al divertit jovent...; ja es van perdent les gralles, flabiols i tamborins... i, en canvi, fem venir tàgals o altres semisalvatges de Filipines a fer en el nostre país ses maniobres i a tocar sos instruments pesadíssims». No cal dir que tot plegat és simptomàtic d'una gran enyorança —entre sentimental i neurastènica— d'un passat d'una puresa tan intocable com poc creïble. La cultura catalana, als ulls de Torras i Bages, no és una cosa fluida, que canvia amb el temps i que va incorporant, i generant, elements nous —tal com passa a les cultures de la resta del món—, sinó una mena d'objecte fix, que ell vol col·locar al palmar de la xemeneia i admirar dins l'ambient tranquil i impertorbable del menjador mentre el rellotge de caixa fa tic-tac i la cuinera li pregunta què vol per sopar.

Les suposades característiques que més admira d'aquest objecte, les trobem en la introducció del seu llibre i des que ell les va descriure no hem deixat de sentir-les en les boques de centenars, potser milers, de persones enamorades dels estereotips catalans més rònecs: «la nostra tradició, l'amor i la constància pel treball, la modèstia de la vida, l'esperit pràctic i sensat, poc donat a fantasies, el respecte a la jerarquia familiar... han determinat i produït una faç esplèndida de la vida catalana». Ja hi som: Catalunya concebuda com el país on mai no passa res perquè els seus habitants no tenen temps, entre segar el blat i menjar amb frugalitat i fer fills, d'embolicar-se en aventures arriscades. És una visió paternalista i immobilista de Catalunya que ha perdurat durant dècades i que encara s'entreveu en el tarannà polític d'aquells partits catalans que s'han autoerigit en defensors dels valors familiars i coses per l'estil. És la Catalunya que tots els patrons catalans (i tots els polítics castellanocèntrics, vinguin d'on vinguin) volen que sigui l'única que existeixi; tant és així, que cada vegada que els catalans no s'hi emmotllen, a aquesta imatge tan fràgil com estancada, cada vegada que fan vaga i organitzen revolucions i envien la jerarquia de la família a pastar fang i donen regna solta a les seves fantasies, són qualificats de poc catalans i se'ls atribueixen les seves suposades desviacions a influències externes. La Catalunya de Torras i Bages, en canvi, és una Catalunya obedient. També és una Catalunya ancorada en un passat arcaic que mai no va existir sinó en la imaginació poc fecunda dels conservadors catòlics de l'època moderna. I encara pitjor, és una Catalunya profundament avorrida, lliure de friccions i de conflictes, d'idees noves i de creacions xocants. I és aquesta, sospito, la Catalunya que va rebre el vistiplau dels hereus de Franco, la Catalunya que els poders fàctics dels anys setanta del segle XX van voler per a la seva nova Espanya constitucionalista; i, sobretot, és aquesta Catalunya que el mateix govern català ens ha encolomat com la Catalunya autèntica durant les últimes dues dècades i mitja, i en bona part deu ser per això que avui en dia hi ha sectors importants de la societat catalana —la gent jove, especialment— que troben que tot allò que se'ls ha ensenyat que és «Catalunya» és una pallissa com una casa de pagès i que la gresca se l'ha de trobar en qualsevol altra banda. Ells, si més no, tenen clar que no volen tornar als dies en què «el jovent» ballava alegrement als carrers amb el «greu clericat».

Després de *La tradició catalana*, llegir el proper llibre en la nostra trilogia d'obres historicistes —*L'esperit de Catalunya* (1946), de Josep Trueta— és com trobar, en una festa plena de convidats que no deixen de dir disbarat rere disbarat sota la influència de vés a saber què, un home ben serè que no ha pres res perquè ha de conduir. *L'esperit de Catalunya* —publicat originalment en anglès— és una obra reivindicativa, sens dubte, escrita per donar constància de la contribució catalana al món en un moment en què el govern espanyol feia mans i mànigues per eliminar-ne qualsevol rastre. No es tracta d'un llibre neutre, doncs, però sí d'un llibre equilibrat i clar i modern (per bé que una miqueta desfasat al cap de seixanta anys de la seva primera aparició). Tot i que cobreix, en part, el mateix terreny que *La tradició catalana* (els orígens medievals del pensament català, per exemple), *L'esperit de Catalunya* és a la vegada molt més lúcid i molt més informatiu. Per no anar més lluny, Trueta no té cap il·lusió sobre la naturalesa real dels dominicans que tant fan salivar Torras i Bages, al contrari, cita amb ironia el mateix fundador, sant Domènec, que va dir als heretges de Provença: «el que no s'aconsegueix amb benediccions es pot aconseguir amb cops», tota una revelació del vertader mètode catòlic a l'hora de superar qualsevol obstacle ideològic. A partir d'aquest moment sabem que Trueta és un historiador realista, i és amb una plètora de detalls realistes que ens porta al llarg de la història de la repoblació de la Marca Hispànica, dels dos segles de domini català del Mediterrani, i, sobretot, la transformació d'aquest imperi descentralitzat i mundialment conegut, en una província deixada de la mà de

Déu. Especialment magistral és la descripció minúscula que Trueta fa dels tripijocs de Ferran II (el Catòlic) a qui acusa de no voler res més que l'anorreament de la Corona catalanoaragonesa com a entitat política autònoma. La imposició de la Inquisició castellana (1485-1488), que introduïa el concepte orwellià de «delicte de pensament» a una Catalunya acostumada a una certa llibertat d'expressió, fins i tot en qüestions religioses; l'exclusió de Catalunya —i altres països estrangers— del mercat americà (codicil del testament d'Isabel la Catòlica, 1504); l'atorgament dels càrrecs més importants de la cort catalanoaragonesa a castellans: totes aquestes mesures ajuden a entendre com Catalunya va perdre l'oportunitat d'erigir-se —tal com ho van fer tants països i ciutats europees que tenien un prestigi comparable en aquella època— en un estat premodern. A partir d'aquell moment, els catalans no tenien més remei que amotinar-se unilateralment de tant en tant contra les imposicions de les autoritats castellanes, cosa que van fer, com ja se sap, el 1640 i el 1714 i durant algunes de les guerres carlistes del segle XIX. Farcit de fets documentats, *L'esperit de Catalunya* ens convenç, si més no, que sigui el que sigui Catalunya avui en dia, abans realment havia estat una entitat independent, és a dir, l'equivalent medieval d'un estat-nació.

Si Trueta hagués deixat les coses aquí, el seu llibre potser no tindria aquest tuf un pèl desfasat que ja hem comentat. Però, com a home del seu temps que era, no podia evitar incorporar a la seva tesi la idea d'un «caràcter nacional» immutable. Així, diu coses com ara: «Per la gran fidelitat a les seves conviccions i als seus ideals, els catalans han estat, a través dels segles, un poble explosiu i sentimental.» Quin valor pot tenir aquesta mena de generalització per a la Catalunya moderna, que ha absorbit una gran onada immigratòria —inconscient, segurament, de les «conviccions» i «ideals» dels catalans del passat— i n'està rebent una altra ara mateix? Quin sentit tindria, fins i tot en el cas que Catalunya hagués romàs «ètnicament pura»? Realment, les característiques essencials d'un poble es transmeten any rere any, com si fossin una colla de gens emotius? Molt em temo que és un concepte que potser era donat per descomptat a l'època en què Trueta va escriure el llibre —una època, recordem-ho, en la qual les paraules «raça» i «poble» eren gairebé intercanviables, arreu d'Europa— però que no ens pot ajudar gaire avui en dia. No obstant això, *L'esperit de Catalunya* és un llibre fascinant i encara recomanable que fa de pont ben digne entre la historiografia romàntica de finals del segle XIX i principis del XX, i la historiografia més netament científica que comença als anys cinquanta. Un dels llibres clau d'aquesta, és, sens dubte, *Notícia de Catalunya* (1960), de Jaume Vicens i Vives, i amb aquesta obra breu acabem el nostre cop d'ull als clàssics catalanistes de caire històric.

Amb Vicens i Vives deixem enrere, si més no parcialment, el concepte de «bons» i «dolents» que marcava els llibres d'història anteriors (i que encara es troba en alguns llibres escolars avui en dia, sobretot a l'Espanya monolingüe, però també a Catalunya). Per bé que Vicens i Vives no dubta a afirmar que, a l'època moderna, «els afers generals de l'Estat espanyol es barrejaren de tal manera amb els propis de Catalunya, que l'evolució normal de la nostra vida política restà interrompuda», ho diu senzillament perquè és històricament cert, i sense ganes de defensar o de condemnar res. Si és crític, sol ser-ho, precisament, amb els mateixos catalans. Per exemple, si, d'una banda, lloa la seva tradició política medieval basada en el pactisme —la negació de l'absolutisme reial i la creença en un sistema predemocràtic de drets i deures contractats entre les diferents classes socials—, no dubta a assenyalar que la insistència a continuar creient en el pactisme al llarg dels segles XVII i XVIII va conduir a l'allunyament definitiu dels catalans del poder, de qualsevol tipus de poder. És fàcil de visualitzar la situació: «Dóna'ns un pacte», deien als castellans, i després als francesos, i després als castellans un altre cop, «i ens hi conformarem». I així anaven fent fins que tant els castellans com els francesos, en comptes de donar-los un pacte, els van fotre un clatellot immens (1714) del qual encara no s'han recuperat. La visió que Vicens i Vives té de la història catalana és poc triomfalista.

Un altre factor que es nota de seguida en llegir *Notícia de Catalunya* és que tot un reguitzell d'actors nous apareixen com per art de màgia sobre l'escenari del passat català, actors que abans havien estat tractats com a figurants i que aquí, per fi, tenen uns papers de debò: la menestralia, per exemple, o els obrers industrials o els pagesos de remença. Es té la sensació per primera vegada que estem llegint la història sencera del país i no pas un fragment aïllat, farcit de reis i prohoms i pensadors excepcionals. Tant és així, que es pot dir —així ho hem entès, si més no— que a partir de Vicens i Vives es pot parlar d'història catalana de debò, és a dir d'història que és catalanocèntrica, per descomptat, però no pas necessàriament catalanista.

Havent dit això, Vicens i Vives, una mica com Trueta, no pot dissociar-se del determinisme diguem-ne psicoracial del seu temps. De fet, és capaç fins i tot de parlar seriosament de conceptes completament irracionals com ara la «força biològica permanent que és Alemanya», una referència extraordinària si pensem que pocs anys abans s'havien assassinat gairebé sis milions de civils innocents presumptament per salvaguardar la «força biològica» esmentada. Vicens no s'està de recórrer al mateix tipus d'irracionalitat a l'hora de parlar dels catalans. Agafeu-vos fort: «Cadascun dels nostres actes anteriors ha creat en nosaltres una sèrie de realitats espirituals que no podem defugir: els actes han desaparegut en el passat, però llur empremta resta "objectivada" en el nostre esperit.» Fent servir aquests disbarats com a base, al final del llibre, en un capítol intitulat «Els ressorts psicològics col·lectius», explica la seva teoria —que a hores d'ara ha esdevingut un tòpic popular— sobre l'alternança entre el seny i la rauxa al llarg de la història dels catalans. Qui s'ho cregui, que s'ho faci mirar.

No, definitivament: la història no determina qui som i sí que podem defugir les suposades realitats espirituals suposadament creades pels «actes anteriors» dels nostres rebesavis. A mi, per exemple, m'ha influït espiritualment molt més la programació dels canals de televisió britàniques dels anys seixanta i setanta —bona part de la qual era estrangera— i la revista d'humor nord-americana *MAD*, que no pas la història sencera de l'imperi britànic. Deixem-nos d'hòsties: la història és un ingredient purament opcional del nostre tarannà. Podem fer-ne bandera, gaudir-ne com si fos una bona novel·la, o, si realment volem, passar olímpicament d'ella. Com ja hem dit, potser la gran funció de la història és que pot acabar amb les preconcepcions que els ensenyants de faules històriques tendencioses han provat d'inculcar en nosaltres. A mi em van ensenyar que la Segona Guerra Mundial era una mena de batussa a gran escala entre els aliats, d'una banda, i els alemanys i japonesos, de l'altra: una mena de joc bèl·lic, però un joc, tanmateix, amb unes regles que s'observaven. Quan em vaig assabentar de l'existència de l'Holocaust —mai no ensenyat a l'escola a la meva època— tota la meva visió d'aquella guerra va canviar per sempre més, cosa que em va ajudar, també, a mirar la realitat mundial actual —sobretot quan es tractava d'alguna atrocitat— amb una mirada diferent, menys influïda per la cobertura capriciosa dels mitjans de comunicació. Doncs la història de Catalunya funciona d'exactament la mateixa manera: l'existència de fets innegables, com la Revolta dels Segadors i la Guerra de Successió, per agafar-ne dos exemples fàcils —tot i que dubto molt que els alumnes de l'Espanya monolingüe sàpiguen què són—, ens indiquen que Espanya era molt més disgregada i complexa del que pensàvem i ens ajuden a qüestionar, per tant, l'Espanya que ens venen actualment. No crec que la investigació del passat ens pugui ajudar més enllà d'això. Certament, no conec cap català viu que sigui com és perquè tal o tal cosa va passar fa x anys dins el territori del Principat (o de la Corona d'Aragó). La història de Catalunya, doncs, per interessant que sigui, no ens pot indicar què és Catalunya *actualment*.

Anem a veure, doncs, un parell de clàssics catalanistes que no parlen —o no parlen gaire— de la història, sinó de teoria. Em refereixo a *La nacionalitat catalana* (1906), d'Enric Prat de la Riba, i *Lo catalanisme* (1886), de Valentí Almirall.

Del llibre de Prat de la Riba, francament, per molt clàssic que sigui —i potser és el clàssic catalanista més conegut de tots els que hem comentat fins ara— hi ha poca cosa a dir. És un reguitzell curiós d'afirmacions generals a favor, és clar, del concepte de la nacionalitat catalana. Quan intenta concretar el perquè de l'existència d'aquesta nacionalitat, acaba barrejant una acumulació de factors dispars i no especialment originals, així: «L'esperit nacional no existiria... si l'estructura o la situació del territori no hagués sotmès els seus pobladors a les seves influències, si una barreja de les races no hagués engendrat certs tipus físics mitjans.... si la unitat de la llengua no hagués buidat en un motlle únic el pensament nacional.» Al cap i a la fi, però, tot, pel que es veu, es redueix a una qüestió de sentiment. «És aquesta la filiació de la nostra doctrina... no són la bellesa i la bondat dels nostres costums, ni els avantatges del nostre Dret, ni les virtuts i el valor de la nostra llengua... És Catalunya, és el sentiment de pàtria catalana. Ésser nosaltres, aquesta era la qüestió. Ésser catalans.» Aquesta línia d'argumentació es basa en una mena de tautologia, doncs: sóc una dona, per tant em sento dona; sóc negre, per tant em sento negre; sóc català, per tant em sento català. En tot cas, no ens ajuda gaire a l'hora d'aclarir què és Catalunya. Després d'haver llegit aquest llibre breu, de fet, no podia estar-me de pensar que la seva fama deu ser deguda més aviat al seu gran valor simbòlic (és el primer llibre que fa aquesta mena d'afirmació identitària, si més no d'una manera tan inequívoca) i al prestigi polític del seu autor, més que al seu contingut pròpiament dit.

Tot això ens porta a Valentí Almirall, l'autor de *Lo catalanisme*. No és per res que es considera Almirall com el fundador del catalanisme polític. Precisament, el seu gran llibre és un llibre *polític* i prou, pragmàtic i lògic. Tot el pensament d'Almirall té com a rerefons la lluita entre dues actituds polítiques contraposades, que ell en diu l'unitarisme i el particularisme. Així, elimina d'arrel qualsevol discussió estèril sobre dretes o esquerres: el cor de la qüestió és que hi ha uns senyors que són centralistes i volen que tot —per variat que sigui— sigui tallat amb el mateix patró, i uns altres que volen la descentralització i la posterior federació de les diferents unitats autònomes. El fet que tant els uns com els altres puguin ser de dretes o d'esquerres pertany a una altra esfera, a un altre ordre de coses. Primer, les coses fonamentals: ser uniformitzats, o ser administrativament (i culturalment) lliures? El seu punt de partida no podria ser més contundent: «Si l'unitarisme intolerant i absorbent que ens ha dominat i nos domina, nos ha portat a una situació insostenible, és evident que som lògics los que volem trencar el motllo.» Són paraules perfectament aplicables a l'Estat espanyol actual, per bé que des de fa un parell de dècades hi ha un succedani pobre del federalisme en la forma de les autonomies. Almirall, que segurament hauria rebutjat aquest cosmeticisme, vol anar al fons de tot: «Lo nostre ideal és la unió i la bona amistat entre tots los individuos dintre d'una col·lectivitat, i de totes les col·lectivitats dintre de les grans agregacions.» De fet, tot el seu llibre és un himne a les possibilitats immenses de la descentralització i la lliure confederació, amb les quals cada poble tindria «les institucions i lleis que més s'acomodessin a l'estat de sa civilització i cultura». I com que és home de la seva terra, recalca, al final del capítol més llarg, que tot això ho vol per «fer envejable la història de la nostra pàtria catalana».

El que tenim aquí és, segurament, el millor argument possible en defensa de més autonomia o fins i tot de la independència per a Catalunya: sempre segons Almirall, la descentralització equival a llibertat, i l'anomenat «unitarisme» —un sinònim possible actual seria «constitucionalisme»— és una imposició inacceptable feta en nom d'un ideal abstracte i pseudomístic («la unitat d'Espanya», posem per cas). Ben mirat, la teoria d'Almirall no és res més que sentit comú: com més petits són els estats democràtics, més representatius són dels propis ciutadans. Qualsevol moviment autonomista, federalista o independentista, per tant, és, objectivament parlant i mirat des d'una perspectiva global, un moviment a favor de més democràcia real, de més llibertat real. Valentí Almirall, aquest pensador singular, va afirmar això fa gairebé cent vint anys, però fins i tot avui els grans estats fundadors de la Unió Europea es neguen a acceptar-ho, atrinxerats com estan darrere les parets d'unes fronteres aparentment irrenunciables, creades o bé a través d'actes de violència massiva o bé a través d'unions dinàstiques aleatòries en una època en què la gent encara creia en les bruixes i el dret diví dels reis. No estaria malament tenir Valentí Almirall entre nosaltres encara, escoltant els postulats anacrònics dels horrorosos polítics centralistes d'Europa —els castellanocèntrics inclosos— amb una incredulitat creixent, meravellant-se que més de mitja dotzena de generacions no hagin estat suficients per eradicar tanta obstinació estúpida, tanta ceguesa.

Però, en fi, ni tan sols Valentí Almirall no ens pot ajudar a l'hora de contestar la nostra pregunta original: què és Catalunya? (Ell mateix la descriu alhora com una «regió» i una «pàtria».) De fet, cap d'aquests clàssics del catalanisme que acabem de repassar no ens ajuda gaire a l'hora de buscar-hi respostes. Un fet que ens obliga a tornar a la Catalunya del present.

Fa un mes (octubre de 2004), al Parlament de Catalunya, el president Pasqual Maragall va dir, amb una contundència inusual en ell: «Catalunya és una nació». Potser hi ha molts catalans —no tots, certament— que deixarien la qüestió aquí: Catalunya és una nació, i prou. Ara bé, he de confessar que, personalment, aquesta paraula, «nació», em neguiteja, en part perquè no m'agraden algunes de les connotacions que comporta, sobretot si penso en el país d'origen (la frase *the British nation*, per exemple, em sona carrinclona i fins i tot reaccionària), però sobretot perquè per a molta gent —i molts diccionaris— «nació» és un sinònim de «nació estat» (freedictionary.com: «una nació és un grup relativament gran de persones, organitzades sota un sol govern que sol ser independent»). Parlar de «la nació catalana» no deixa de ser legítim —tal com veurem més endavant— però sí que pot comportar malentesos. D'altra banda, una paraula com ara «província» o «regió» tampoc és adequada, perquè insinua que Catalunya és una entitat comparable a, jo què sé, Cantàbria o La Rioja (o Yorkshire o l'Alentejo), cosa que només els uniformistes més fanàtics, aquells que caminen pertot arreu amb les orelles tapades i una bena als ulls (és a dir bona part de l'Espanya monolingüe) afirmarien sense embuts.

Això ens deixa exactament on érem abans, sense una definició adequada de Catalunya. Afortunadament, després de consultar diversos diccionaris i assajos, amb una desesperació creixent, hem trobat, per fi, una possible solució al misteri, en la forma del pensador Ernest Gellner, l'autor d'un dels llibres més importants mai escrits sobre identitats col·lectives, *Nations and Nationalism* (1983), on postula dues definicions, «força provisionals», segons ell, d'una comunitat no-regional. La primera d'aquestes dues definicions és la «cultural», i va així:

«Dos homes són de la mateixa nació [Gellner fa servir la paraula *nació*, és cert, però la defineix a la seva manera] si, i només si, comparteixen la mateixa cultura; cultura, aquí, significa un sistema d'idees i signes i associacions i maneres de comportar-se i comunicar-se.»

El mateix Gellner admet que, de les dues definicions que ofereix (tot seguit veurem la segona), la «cultural» és la més imprecisa. Fins a quin punt es pot dir, per exemple, que un venedor de mocadors al carrer o un dissenyador gràfic o un fabricant de galetes comparteixen la mateixa cultura i «sistema d'idees i signes», per més que tots siguin del mateix país? Tots tres tindran «maneres de comportar-se» ben diferents, encara que parlin el mateix idioma. Tampoc no cal anar tan lluny: si es compara un nen de col·legi de pagament amb un de col·legi públic —en qualsevol país— ja podem començar a notar diferències de comportament cultural importants. En el cas de Catalunya, és clar, aquesta primera definició gellneriana fa aigües encara més: tot el mecanisme de comunicació social canvia cinquanta mil cops cada dia amb els canvis constants d'idioma que gairebé tothom fa (que fascinant que és, mirar un català girar el cap d'un interlocutor catalanoparlant a un de castellanoparlant: l'idioma inicial, el català, queda suspès a l'aire, i es converteix en un tres i no res en un altre, el castellà, però el parlant també canvia la mena d'expressions que fa servir, els gestos que fa servir, l'expressió de la cara, *tot*).

Anem, doncs, a la segona definició de Gellner, que és força més interessant:

«Dos homes pertanyen a la mateixa nació si tots dos reconeixen que l'altre hi pertany. Dit d'una altra manera: les nacions fan els homes; les nacions són els artefactes de les conviccions i lleialtats i solidaritats de les persones. Una categoria senzilla de persones (els habitants d'un territori donat, per exemple, o els parlants d'una mateixa llengua) es converteix en una nació si i quan els membres d'aquesta categoria reconeguin sense embuts que tenen certs drets i deures mutus, precisament a causa de la seva pertinença a aquesta categoria. El fet que els uns i els altres admeten aquests lligams comuns és el que els converteix en una nació...»

Gellner qualifica aquesta definició de «voluntarista» i jo crec que ara, per fi, anem al gra, ara arribem al moment de la veritat, ara Catalunya comença a sortir a poc a poc de l'ambigüitat fangosa en què se la sol submergir. En efecte, el que diu Gellner és que una regió deixa de ser una regió quan *vol ser més* que una regió. Aquesta voluntat pot tenir com a base tota una sèrie de factors (en el cas de Catalunya: una llengua diferent, una opressió recent de la seva identitat, un passat independent, una estructura social diferent, etcètera), però en última instància tots aquests factors no serveixen per a res si no hi ha una voluntat actual de no conformar-se amb un estatus regional. Què és una regió? Una regió és un lloc que no és el seu propi centre. I la vasta majoria de catalans, per les raons que sigui, volen ser el seu propi centre: davant d'ells mateixos, davant els espanyols, davant els altres països del món. Això no vol dir que tots els catalans pensin o parlin o es comportin igual, però sí que molts catalans són —i aquí reivindiquem, un cop més, un adjectiu que hem fet servir al llarg d'aquest llibre— catalanocèntrics. Cosa que senzillament vol dir que no renuncies al punt de vista geogràfic i cultural que t'ha tocat viure, que no vols ser el ninot d'un ventríloc assegut en un altre indret.

És gràcies a aquesta voluntat que el viatger sense cap partit pres nota, en el moment d'entrar a Catalunya, aquella diferència apassionant i alliberadora que se sent quan es travessa una frontera de debò, quan s'entra en un altre món humà; una sensació molt semblant a la que se sent quan es creua la frontera angloescocesa o la bascoespanyola o fins i tot la hispanoportuguesa o la belgaholandesa. És impossible definir què és exactament el que dóna aquesta sensació, aquesta certesa que el que es té davant no és pas una continuació regional del lloc on t'estaves feia un moment sinó un lloc realment diferent, refrescant i autònom. Pot ser —però no ha de ser— el canvi d'idioma o un canvi en les formes dels edificis o en les cares de la gent o qualsevol altre canvi, o tots aquests canvis junts. L'important és que tens la sensació que l'aire té una olor lleugerament diferent, que el cel porta una etiqueta diferent, que el menjar té un altre gust, que has passat d'una història a una altra, d'un sentit de l'humor a un altre, potser d'un grapat de programes de televisió preferits a un altre. Ja ho hem dit: el viatger objectiu —és a dir, que no ha tingut el cervell rentat pels partidaris de l'Espanya uniforme— que travessa la frontera catalana, se n'adonarà, de tots aquests canvis, a l'acte.

Per tant, no hi ha dubte que sí que es pot qualificar Catalunya com a «nació», si més no segons la definició «voluntarista» de Gellner. Però per als que —tal com s'ha comentat— tenim alguna o altra objecció a aquesta paraula, n'hi ha una altra que creiem encara més adequada i gens problemàtica, i aquesta és la paraula que he fet servir al començament d'aquest text i que faig servir gairebé sempre per descriure Catalunya: «país», un mot que no implica necessàriament que es tracti d'un estat independent però sí d'un lloc que és força més que una regió. Catalunya és, indubtablement, un país. *Catalonia is a country. Catalonië is een land.* Funciona en tots els idiomes! Que els espanyols —o qualsevol altre grup— no reconeguin que Catalunya sigui un país, no hi té res a veure. Això és un dels avantatges de ser el propi centre: no hem de dependre de l'opinió de ningú més per decidir en quina mena de comunitat vivim.

Deia que acabaria aquest capítol tot comentant un petit llibre d'Antoni Rovira i Virgili. Es tracta d'un volum prim, imprès l'any 1918, intitulat *La crisi del règim*, al qual he pogut accedir gràcies als bons oficis de la Zoë Valls. No és una de les obres més importants de Rovira i Virgili (com ara la seva *Història nacional de Catalunya*, posem per cas), sinó un llibre d'actualitat, que parla de la situació política a Catalunya durant els anys de la Primera Guerra Mundial. El que fa que el llibre sigui interessant és el fet que la situació que descriu, respecte a les relacions de Catalunya amb la resta de l'Estat, és extraordinàriament semblant a la que hi ha ara, vuitanta-sis anys després: aleshores, com ara, Catalunya pagava a l'entorn del deu per cent del seu producte interior brut a Madrid, sense rebre gaire res a canvi; aleshores, com ara, qualsevol iniciativa catalana per millorar la situació política i econòmica a Espanya es considerava una ingerència intolerable; aleshores, com ara, no es feia ni la més mínima concessió sincera al sentiment de país que hi havia i que hi ha a Catalunya. Etcètera. Quan llegim aquest petit informe de Rovira i Virgili, tenim la sensació que Catalunya ha estat atrapada durant dècades i dècades en un armari màgic on no passa el temps. Jo només he viscut aquí vint anys, però durant aquests vint anys he tingut la sensació d'haver testimoniat la mateixa situació política una vegada rere l'altra: una reivindicació que resulta en una iniciativa que resulta en el rebuig d'aquesta iniciativa que resulta en el retorn al punt zero, com si la política del centre envers Catalunya fos la del desgast etern. Sembla que els catalans estiguin condemnats a despertar-se cada matí exactament en la mateixa situació que la del dia anterior, com Bill Murray a la pel·lícula *Groundhog Day*. Un bucle aparentment irrompible que ens porta al nostre últim tema.

Futur

Somiant despert un dia fa uns quants anys, vaig tenir una mena de visió de la Catalunya del futur. Era de nit, i el cel era de color verd. En un carrer de Barcelona —potser un dels carrers plens de magatzems i sales de concert del Poblenou, no n'estic segur— hi havia una gent, gent jove, és a dir, que tenien entre vint i trenta anys. No anaven enlloc, aquesta gent, al contrari, passaven l'estona al carrer mateix, drets, fumant, xerrant, somrient (vaig veure algun flaix d'esmalt blanc). Potser esperaven el començament d'algun concert, potser feien temps abans d'anar cap a un altre lloc. Portaven roba verda i negra, lleugerament desgastada i força improvisada, i juntament amb aquesta roba també portaven algun adorn, algun braçalet que dringava de tant en tant; era una gent absolutament segura d'ella mateixa, estaven en la seva salsa, com si diguéssim: cridaven més que parlaven, reien amb veus altes i confiades, les seves siluetes oscil·laven a la mitja foscor. I quan els vaig escoltar, aquests joves, no em va sorprendre en absolut que tots, absolutament tots, parlessin en català, un català que no s'havia inventat encara, el català dur del futur, ple de cantells abruptes i de fragments deixats caure en el buit com si res; i el català aquest que parlaven aquesta gent jove encaixava perfectament amb els seus adorns, la seva roba, les seves rialles, els carrers amples, els magatzems ombrívols i el cel verd, no hi havia cap discrepància entre els parlants i l'entorn i la llengua parlada, tot era u, i vaig saber a l'acte que aquesta era una Catalunya possible, una Catalunya futura clissada en una altra dimensió, una dimensió paral·lela en la qual la col·lectivitat coneguda com a Catalunya s'havia desenganxat del seu girar en cercles sense fi i havia començat a caminar en línia recta cap a vés a saber on, a diferència de la Catalunya estancada on jo havia viscut durant tants anys.

Aquest país és una cursa de cavalls, de dos cavalls, per ser precís: dos idiomes, dos governs, dues nacionalitats. Per desagradable que sigui, atès que estem tan acostumats a tanta dualitat, no es pot negar el fet, ja ho hem dit, que al cap i a la fi, un dels cavalls ha de guanyar, cosa que vol dir, evidentment, que l'altre cavall ha de perdre. Prenguem, un cop més, l'idioma com a exemple: com que és físicament impossible parlar dos idiomes alhora, com més gent parli en català, menys gent parlarà en castellà. I a l'inrevés. És obvi, ja ho sé, però tal com passa amb tantes i tantes obvietats, hi ha molta gent que prefereix no pensar-hi.

Cada dos o tres anys sense fallar, algun govern o diari subjecta els catalans a un interrogatori identitari, una d'aquelles enquestes interminables sobre si la gent se sent més espanyola que catalana, més catalana que espanyola, etcètera, i gairebé sempre la majoria afirma que se sent tan espanyola com catalana. Però, i si la situació política fos diferent? Si Catalunya fos un estat independent, o un estat federal? O si tingués, almenys, seleccions esportives nacionals? Quanta gent diria, aleshores, que se sent tan espanyola com catalana? Quants eslovens se senten iugoslaus, avui en dia? Quants lituans se senten russos? Tots ens movem en un món molt més convencional del que pensem, en el qual les paraules escrites damunt els nostres passaports i els nostres carnets d'identitat van a missa. La importància d'aconseguir un grau més alt d'autonomia, doncs —o la mateixa independència— no rau en tots els suposats beneficis pràctics (un govern més eficaç, uns impostos més equilibrats, etcètera), ja que no hi ha cap garantia que un govern català més autònom o independent no fos tan corrupte o ineficaç o garrepa que la curiosa barreja de govern local i govern central que ja tenim. L'únic avantatge de debò seria el canvi —fonamental— en la mentalitat de la gent, tant de molts catalans com de gairebé tots els estrangers. Aquests, per exemple, s'asseuen als seus balcons i patis i jardinets amb una copa de vi a la mà, i els seus esquemes mentals, pel que fa a l'existència de països i llengües, són els de fa cent i escaig anys, cosa que significa que, quan parlen d'un lloc com Catalunya, la seva posició és clara: si no hi ha fronteres, no hi ha país, només una comunitat de torracollons nacionalistes que volen malmetre l'ordre mundial tot insistint en el dret de fer servir el seu patuès local. Vet aquí la visió habitual que la majoria d'estrangers —els espanyols de l'Espanya espanyola inclosos— tenen de Catalunya, si és que en tenen alguna, de visió.

I, en certa manera, és, en part, la visió que els catalans tenen d'ells mateixos, ja que no poden evitar ser influïts per la gent de fora. Si es posessin unes fronteres naturals, però —esportives, federals, estatals, les que fessin falta—, Catalunya deixaria de ser un «problema» i, sobretot, dins de Catalunya, els catalans —fins i tot els més catalanoescèptics i castellanocèntrics, n'estic segur— canviarien de xip i amb aquest canvi de xip acabarien canviant-ho tot, incloent-hi els costums lingüístics, no cal ni dir-ho, ja que el català es convertiria d'un dia per l'altre no en l'únic idioma, evidentment, però sí en la llengua vehicular, la llengua per defecte. Diria més: sense el xoc psicològic fort que comportaria un canvi polític de debò —un canvi no cosmètic— l'extinció efectiva de la cultura catalana serà qüestió de tres o quatre generacions; això, per cert, és l'altra manera de solucionar l'anomenat «problema català». Una solució ja somiada per tota mena de gent, europea (sobretot els francesos), espanyola (sobretot els castellanocèntrics) i catalana (sobretot els que no poden suportar el pes de ser català en un món que no en vol saber res, de catalans).

Ara que sóc aquí a casa, assegut amb els peus a la taula de centre i amb un Dylan menor al discman, seria fàcil passar de Catalunya, seria fàcil fer veure que el meu pis és un pis qualsevol en una ciutat qualsevol perquè el que importa de les ciutats són —diuen— el nombre i la qualitat dels museus i els teatres i els cinemes que hi ha i no pas la ubicació de la ciutat, no, avui en dia —diuen— importa més aviat poc si la teva ciutat es troba a Espanya o a Catalunya, a Alemanya o a la República Txeca, no, la ciutat en si és el que compta perquè a la ciutat hi ha de tot, des de camerunesos fins a romanesos, des de caps quadrats fins a ments subtils i esquívoles, hi ha de tot i més a la ciutat, la ciutat és l'única pàtria que val la pena celebrar —diuen— perquè la ciutat és aquella gloriosa barreja de ciutadans apàtrides que fan festa tot l'any, entre feineta i feineta, perquè la ciutat és el centre d'absolutament tot, perquè la ciutat és lliure de fronteres, barreres, duanes i banderes.

Del menjador estant, amb els peus a la taula i els auriculars que gemeguen, veig els edificis a l'altra banda de la galeria interior, les finestres escampades a la babalà, les parets escrostonades, de color de farinetes acabades de fer. I dalt d'aquestes parets i finestres i edificis, delicat com un fantasma, hi ha un cel blanc clapejat de taques toves i grises. És el mateix cel que he vist, de tant en tant, al llarg dels meus vint anys aquí, que han estat vint anys d'ambicions i frustracions i de petits èxits que han tingut lloc sota aquest cel que associo, que identifico amb certs sons, certes persones, certs temes i certs humors: amb un cert país, dit d'una altra manera, i a aquestes alçades no cal que digui aquest país pel seu nom.

Com en aquella cançó, ja vella, dels Talking Heads, tots ens preguntem de tant en tant *què hi faig aquí amb la meva casa bonica la meva dona bonica?* O bé, en el meu cas, *què hi faig aquí amb el meu país bonic amb la meva causa bonica?* Per bé que sé que durant els anys a Londres anhelava anar a la destinació desconeguda de cada avió que passava; per bé que sé prou bé que havia de fugir del país d'origen, tacat de fracàs; per bé que sé que havia de ferme sentir com a casa en un país estranger o rendir-me del tot (al gloc-gloc bonic de la beguda, a la teranyina omnipresent de les trampes mentals); per bé que sé que les circumstàncies havien volgut que aquest país no podia ser altre que el país on visc ara; per bé que m'hi hagi acostumat, fins al punt de ja no adonar-me de la glòria a escala petita del fet de viure en aquest país estranger tan estrany; per bé que sé que en certa manera havia de fer alguna cosa en aquest país d'adopció i no pas créixer-hi com un nap o una tomaquera i que, per tant, ha estat lògic que hi hagi acabat fent l'única cosa que sé fer una mica; malgrat tot això, encara de tant en tant em pregunto *què hi faig aquí amb el meu país bonic amb la meva causa bonica?* Per què, de fet, m'ha tocat un lloc tan complicat? Per què no hauria pogut desaparèixer entre les quotidanitats i banalitats i la vida diària absolutament i totalment *normal* dels francesos o els italians o els portuguesos o els holandesos o els espanyols, cony, podria serhi ara mateix, prenent-me un fino un pilsje un vinho verde una grappa un kir, rient despreocupat, donant-ho tot per descomptat, en comptes de ser aquí on sóc, aquí on mai no sé si seré comprès pel veí, o pels fills d'aquí a vint anys, on mai no sé si el país que m'envolta desapareixerà de cop i volta, com els dinosaures, o si tots plegats farem un cop de cap i sortirem a la llum del reconeixement global bufant alleugerits.

En la intimitat del menjador, amb Dylan als auriculars, amb un planeta que no conec prou bé que s'estén massa lluny en totes direccions, em sento, tanmateix, feliç d'haver descobert aquest país, en el qual m'assec, ensumant-ne l'ambient, sentint-me el seu cel fantasmal a les puntes dels cabells, rebolcant-me en les proves flonges —visibles i intocables alhora, com les volves de pols— de l'existència d'aquest país, d'aquest lloc, una existència que jo afirmo indubtable i desitjable, que jo percebo com a esplèndida i sorprenent, que jo respiro amb la mateixa inconsciència que respiro l'aire lleugerament embrutit de la ciutat, una ciutat que no és una ciutat qualsevol, al contrari, que és un producte més del país que l'hostatja, aquesta ciutat que cada dia es desplega com una rosa de Jericó sota aquest cel blanc amb taques toves de color gris, el cel del país en qüestió, del lloc que m'ha embruixat i m'embruixarà, que m'encaparrarà, que m'obsessionarà durant vés a saber quant de temps, de la mateixa manera que ho ha fet durant els vint anys que se m'acaben d'escapar dels dits.

Barcelona, 2004

Bibliografia

ABLEY, Mark. *Spoken Here*. William Heinemann. Londres, 2003.

ALMIRALL, Valentí. *Lo catalanisme*. Edicions 62. Barcelona, 1994.

EL HACHMI, Najat. *Jo també sóc catalana*. Columna. Barcelona, 2004.

KARROUCH, Laila. *De Nador a Vic*. Columna. Barcelona, 2004.

PRAT DE LA RIBA, Enric. *La nacionalitat catalana*. Edicions 62. Barcelona, 1998.

ROVIRA I VIRGILI, Antoni. *La crisi del règim*. Editorial Catalana. Barcelona, 1918.

SEBÀSTIA, Jordi. *El parany cosmopolita*. Editorial Afers. Catarroja, 2004.

TORRAS I BAGES, Josep. *La tradició catalana*. Edicions 62. Barcelona, 1988.

TRUETA, Josep. *L'esperit de Catalunya*. Edicions 62. Barcelona, 2003.

TUSON, Jesús. *Patrimoni natural*. Empúries. Barcelona, 2004.

VICENS I VIVES, Jaume. *Notícia de Catalunya*. Edicions 62. Barcelona, 1999.